KB207030

여자는 왜 모래로 쓰는가

여자는 왜 모래로 쓰는가

장혜령
산문집

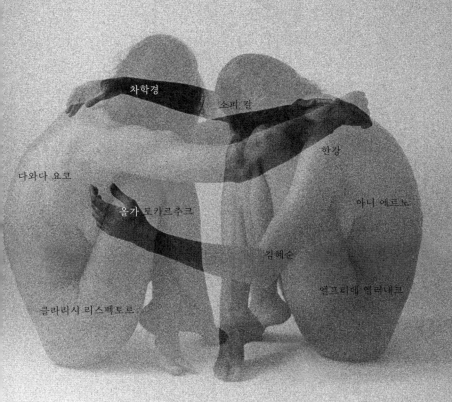

차학경

소피 칼

한강

다와다 요코

아니 에르노

올가 토카르추크

김혜순

엘프리데 옐리네크

클라리시 리스펙토르

은행나무

차례

모래 여자의 서

——————   1

여자의 글은 침묵으로 지은 성이다.

그 성은 보이지 않는다. 그러나 당신은 안다. 보이지 않는다 해서 존재하지 않는 것은 아니다. 그러므로 보이지 않음을 보는 자만이 그 문을 열리라.

보이는 세계에 사는 자에게 보이지 않는 세계는 그저 보이지 않는 것이다. 그러나 보이지 않는 세계에 사는 자에게 보이는 것이 있다. 그리고 여자가 그것을 본다. 귀신을 보는 골목의 개처럼. 혹은 그 개가 보고 있는 귀신처럼.

열쇠를 찾아, 없음의 있음을 말하기 위해, 온 생을 배회한 여자는 마침내 침묵의 문을 연다.

그러자 알게 된다.

다름아닌, 자신이 그 침묵이었다는 것을.

그때, 목소리는 말했다.

시간이 필요하다고.

그때 시간은 대학병원 중환자실에서 호흡마저 빼앗긴 엄마 같았고, 산소 호흡기에 호흡마저 내어준 엄마 같았고, 호흡은 언젠가 엄마가 가계부에 일기장에 편지지에 연필로 썼다가 지워버린 구두점의 형상으로 나타났다가 모래알처럼 공기 중에 흩어져갔다.

여자는 왜 모래로 쓰는가*?

그 암호문을 어떻게 읽어낼 것인가?

이것은 아마추어 여성 독학자인 나의 오랜 연구 주제였고, 여러분은 몰랐겠지만 나는 독일어로 도끼**라는 이름을 가진 잡지에 이에 대한 글을 2년 넘게 연재했으며 그 도끼로 책을 만들어야 한다는 중대한 임무를 안고 세계의 끝벼랑까지 왔다. 여기서 벼랑이란, 의사 파업 중인 2024년 한국의 어느 대학병원 중환자 보호자 대기실 혹은 와이파

---

* 이것은 일찍이 김혜순의 여자가 우리에게 던진 질문이다. "엄마, 읽지 마, 다 모래야." Feat. 김혜순
** 여러분은 이 도끼가 어떤 도끼인지 이미 잘 알고 있으리라. 그러나 안다는 것, 그것은 무엇을 앎인가? 나는 이제부터 기성 언어의 규범적 질서에서 벗어나, 말과 사물의 관계를 새롭게 접속시키는 비밀스러운 게임을 제안하려 한다.

이가 터지지 않는 특수병동의 보호자 대기실 TV 앞을 말한다.

마치 이런 날을 예감했다는 듯, 몇 달 전 도끼의 편집장은 나에게 밥을 사주었다. 청어알이 들어간 밥이었고, 나는 독이 든 음식을 보듯 그것을 잠시 내려다보았다. 그것은 마치 이 세계의 붉은 구두점들 같았다.

〈매트릭스〉의 모피어스는 네오에게 두 가지 색의 알약을 건네며 말한다. 푸른색을 먹으면 이전의 세계로 돌아가고, 붉은색을 먹으면 진실을 알게 되리라고. 그런데, 왜 우리는 진실을 알고 싶어 하는 걸까?

나는 네오처럼 붉은 구두점을 삼키고 계약서에 서명했다. 그리고 그것은 무엇에 관한 것이었을까.

그때의 나는 몰랐지만, 훗날 나는 그것이 나 자신을 구두점에 바치는 서약이었음을 알게 된다.

그러므로 알게 된 자는 내가 아닌지도 모른다.

그러므로 이 글은 그동안 내가 살면서 먹은 무수한 구두점들이 나를 숙주 삼아 꾸는 꿈이고, 나는 지금 그 꿈속인지도 모른다.

그러나, 꿈이 아니라면 세상을 어떻게 살아갈 수 있겠는가?

한 시간마다 간호사가 온다. 혈압을 재고, 주사를 놓고, 피가 잘 돌고 있는지 확인하러 온다. 피 흐르는 소리를 증폭시켜 들려주는 스피커가 여기 있다. 몸에 차갑고 투명한 젤리를 펴 바르고 기계로 청진하면 혈관에서 핏핏핏 핏 피 흐르는 소리가 외계의 교신음처럼 울려 퍼진다. 그 스피커로 들으면 엄마의 핏속에 외계의 태아가 살고 있는 것 같다.

아직 엄마가 낳지 못한 태아가 엄마를 살고 있다니.

아니, 그 반대인지 모른다. 엄마가 그 태아의 오랜 꿈인 지도. 그렇다면 엄마는 아직 세상에 나오지 않았는지도 모른다.

그들이 번갈아 쌕쌕 숨을 쉰다.

그리고 나는 그 호흡을 모아 이 글을 *다시* 쓰고 있다.

———————— 3

사람은 고쳐 쓸 수 없다는데 글은 고쳐 쓸 수 있다고 한다. 그래서 나는 글을 썼다. 사랑은 돌이킬 수 없다는데 글은 돌이킬 수 있다고 한다. 그래서 나는 글을 썼다. 사람과 사랑에 대해 나는 참으로 속수무책 어두운 밤중이었으므로.

그런데 글은? 글에는 진정 다시 살아갈 길이 보였던가? 아마도 나는 믿었고, 믿음으로 썼다. 그러나 믿음이란 얼마나 속수무책인가.

어떤 글은 영영 회생불가능이다.

그리고, 이 글이 그 글이다.

보이는가? 나는 지금 아직도 태어나지 못한 태아처럼 필사적으로 단어를 움켜쥐는 중이다. 들리는가? 나는 지금 회생불가능의 글을 붙잡고 인공호흡을 실시하는 중이다.

이 글을 살려내면 엄마를 살려낼 수 있기라도 하다는 듯이.

4

오랜 시간 나는 여자의 텍스트를 연구했다.

왜냐하면 나는 여자였고, 누구보다 여자로부터 달아나고 싶어 하는 여자였으며, 여자로부터 달아나려면 먼저 여자를 알아야 한다고 믿는, 하필 글 쓰는 여자였기 때문이다. 그러므로 나는 오직 달아나기 위해 한평생을 살았다고 할 수 있다.

그런데 나는 달아나기 위해 한평생을 살다가 결국 지옥의 한복판까지 온 것이다.

언젠가 나는 도끼에 이렇게 썼다.

*여자의 쓰기는 존재를 이름으로부터, 명명의 감옥으로부터 구해내는 것이다. 그래서 존재를 **다시 살게** 하는 것이다.*

그러나 독자여! 거기, 누구라도 듣고 있다면 말해보라.

진정 그러했는가?

나는 내가 무슨 말을 하고 있는지도 모르는 그런 말을 했을지도 모르겠다.

아니다. 나는 내가 무슨 말을 하는지 잘 알면서 말했다. 누구보다 체계적이고 무엇보다 논리적인 분석의 언어로 또박또박 말했다.

그러니까, 그것이 내 삶의 문제였다. 나는 자신이 여자라는 점을 망각하고, 꿈의 언어를 현실 준거로 해석하는 정신분석학자나 심리상담가처럼 여자를 말한 것이다. 여자의 텍스트라는 살아 숨 쉬는 실체를 죽음의 침상에 눕혀 해부하는 짓을 저질렀다고나 할까.

그리고 어느 날 나는 대학병원의 비좁은 보호자 간이침대에 누워, 한때 내가 범했던 종족 살해를 서늘한 악몽처럼 깨닫게 되는 것이다.

그리하여 나는 한평생 내가 한 말들과 싸워야만 하는 절체절명의 위기에 봉착했다.

물론 나는 나의 범죄를 잊고 살 수도 있었다.

나는 내 방으로부터, 내 방의 책상으로부터, 그 먼지 쌓인 책상의 활자들로부터 이미 먼 곳에 와 있었으므로. 그것들과 아무 관계없는 사람처럼, 영원히 잊고도 살 사람처럼 아주 멀리 와 있었기 때문이다.

하지만 나는 수년간 제주에서 살았고 내 방이라 할 수 있는 방은 그곳에 있었다. 내 책상이라 할 수 있는 책상은 그곳에 있었다. 그러므로 그곳에서 비행기를 타고 서울의 큰 병원까지 날아온 나는 버섯의 포자 같은 심정이었다고 할 수 있다.

당신은 아는가? 한라산 부근의 산간지에는 표고버섯을 키우는 농가가 많고, 그곳에서 놀랄 만큼 값싸고 싱싱한 버섯을 살 수 있는데, 이 버섯을 이 땅에 처음 들인 사람은 일제 강점기의 일본인 지배자이다*. 그는 한국에 와서도 고향의 맛을 잊지 못해 고향의 씨앗을 식민지에 심은 것이다.

그런데 지금의 한국인들은 이 근본 없는 버섯을 무척이나 사랑하여 각종 국이나 찌개에 투하하며, 정작 이 한국인의 버섯을 재배하는 자들은 남미나 필리핀에서 온 검은 남자들이다.

나는 언젠가 이름도 모르는 검은 남자에게서 1kg 표고한 봉지를 오천 원에 샀고, 마르코인지 마리오인지 하는 남자가 사장님과 통화하는 동안 수상한 검은 천을 덮어둔 습하고 어두컴컴한 재배실을 보았다. 그때 나는 알았을까? 오늘날 내가 포자의 운명이 될 줄.

그렇다면 나는 누구일까.

나는 내가 누구였는지 기억나지 않았다. 내가 어떠한 삶을 살았고, 어떠한 삶을 살게 될 것인지가 기억나지 않았다.

다만 나는 알게 되었다.

---

* 백 년 전, 제주로 온 어느 일본인이 쓰고 그린 표고버섯 재배일지에 나오는 이야기. 표고버섯이 제주에 처음 들어오고, 국내에서 본격적으로 재배된 것은 일제강점기 때라고 한다. 주인도 없이 세상을 떠돌아다니던 버섯 포자 같은 이 책은 어느 책 수집 덕후에 의해 미국 하버드 대학 옌칭 도서관에 소장되며 해제본의 형태로 다시 세상에 나오게 된다. 《제주도여행일지》, 작자 미상, 김선주 엮음, 민속원, 2016.

나는 어느 겨울의 오후에 죽었고, 내 죽음의 관 뚜껑 위로 최초의 먼지가 내려앉았다. 그날 나는 불탔고, 엄마의 집 다이소 반투명 상자에 담긴 사물들과 별다를 것 없는 상자에 담긴 한 줌의 재였다.

　그렇게 나는 내가 글 속에서 아무렇게나 살해한 여자의 운명을 살아갈 예정이었다.

　나는 수술 환자 보호자 대기실에 새벽부터 켜 있는 두 대의 TV를 보았다. 그것은 지상과 지하 세계로 연결되는 두 개의 입구 같았다. 왼쪽에는 수술실에 들어간 환자의 이름과 입실 시간이 나왔다. 오른쪽에는 아침 연속극이 한창이었다. 유감스럽게도 어느 쪽이 지상으로 통하고, 어느 쪽이 지하로 통하는지는 알 수 없었다.

　오른쪽 입구에서 한 여자가 남자의 전화기를 들여다보고 있었다. 전화기 속의 남자는 모르는 여자와 함께 웃고 있었다. 전화기를 훔쳐 보는 여자의 눈에서 새파란 불이 나고 있었다. 여자는 모르는 여자를 호출해 고급 식당 테이블에 마주앉았다. 음식을 시켜놓고도 아무도 먹지 않았다. 이번에는 두 여자의 눈에서 새파란 불이 나고 있었다. 누군가 물을 끼얹었고 누군가 울부짖으며 뛰쳐나갔다. 이 장면을 찍는 파파라치가 있고, 파파라치가 보낸 영상을 보는 남자가 있고, 그 남자를 보는 블랙박스가 있고, 그 블랙박스를 보는 내가 있고…….

　언젠가 나는 결혼식장에 들어서는 사람도, 입관되어 불

타는 사람도 텔레비전으로 보았다. 나는 나의 최후를 관전하는 불타는 죽음처럼, 언제나 텔레비전을 보고 있었다.[*]

그곳에서 나는 알게 되었다.

우리는 텔레비전 속에서 살고 있었다. 그곳에서 우리는 살해했고 살해되었으며, 살육했고 살육당했다. 그 끔찍한 종족 살해와 살육의 이미지들이 죽지도 않고 윤회하며 우리를 지배한다는 것을 어느 날 갑자기 나는 알게 되었다.

그러므로 우리는 우리가 살면서 본 모든 텔레비전이 꾸는 꿈이고, 지금도 그 꿈속인지 모른다.

텔레비전이 없으면 죽고 못 산다는 작가 엘프리데 엘리네크처럼. 텔레비전을 켜고 잠들던 외로운 나의 이모[**]처럼. 텔레비전을 켜고도 잠들지 못하는 어느 한밤의 외롭고 낯선 나처럼.

그리하여 새벽의 텔레비전 조정화면이 우리의 죽음을 차갑게 지켜본다.

그것은 아픔이 없는 꿈이리라.

나는 그 꿈에서 영원히 깨어나지 않으며 텔레비전을 살아갈 수도 있으리라. 그러나 일찍이 나는 붉은 구두점을 삼키며 서약했다. 그리고 한번 붉은 구두점을 삼킨 자는, 원하든 원치 않든 이전의 세계로 되돌아갈 수 없다.

---

[*] 나는 내 미래의 책을 표절해 여기 쓴다. 그 책의 이름은 《포르노그래피 복제시대의 서정시》이고, 언젠가 있게 될 것이다.

[**] 우리 엄마 친구는 다 이모. 나도 어느새 친구 딸 이모. 이것이 한국의 이모 시스템. 이모 만세!

여자는 왜 모래로 쓰는가

너는 이제부터 너의 글을 살려냄으로써, 네가 한 말을 스스로 입증해야만 한다.

그게 아니라면, 쓰기에 바쳐진 너의 삶은 대체 무슨 허상이었단 말인가?

그런데, 아무래도 불가능이다.

한 대학병원에서 그렇게 말했다. 포기할 수 없어 다른 병원의 문을 두드렸다. 두드리면, 열리지 않았다. 의사들이 파업을 한다고 했다. 모두가 천국과 지옥의 문 앞에서 대기 중이라고 수술 대기자 명부를 적는 간호사가 내게 말해주었다.

나는 내가 의사 파업을 중계하는 텔레비전에 엑스트라로 나올 줄 몰랐다. 나는 엑스트라였다. 주인공인 줄 착각하며 산 일생 엑스트라[***].

그런데 이건 누구의 일생일까.

누구의 일생인지도 모르는 껍데기를 살아왔다는 걸 알면서도, 일생을 포기하지 못하고 두드릴 수밖에는 없는 사람처럼, 그 두드림을 멈춘다면 일생이 곧 무너질 사람처럼, 그리하여 두드림만을 위해 일생을 살아온 사람처럼 나는 두드렸다. 어떻게 두드려야 하는지, 두드리면 열리는지, 이게 문이 맞긴 한지도 몰랐지만, 문을 생각하다 보면 문이 나타날지도 모른다고 믿으면서 두드렸다.

[***] 김혜순의 여자를 빌려 말하자면 우리는 서로의 "행인 1".

똑똑. 불가능이 가능이 될 때까지. 똑똑. 살릴 수 없음을 살려낼 수 있을 때까지.

그런데 편집장, 듣고 있나. (편집장은 연락이 두절되었고*, 독자는 맥박조차 감지되지 않으며……)

이 글은 아무래도 회생불가능이다.

────────── 6

그럼, 이것은 기도 같은 것일까.

어쩌면 그럴지도 모른다.

그러나 기도, 그게 인생에 무슨 의미가 있을까?

잘 모르겠다. 하지만 나의 엄마는 응급실에서 혈압이 200 넘게 치솟았을 때도 겨우 의식을 회복한 뒤 다음날 일기를 썼다. 살아 있다는 것은 기도 같은 것일까. 그렇다면 기도가 인생에 무슨 의미가 있는지를 생각하는 건 더는 중요하지 않은지도 모르겠다.

----

* 이 세상에는 원룸에서 양말이 실종되는 블랙홀 미스터리처럼, 마감의 한복판에서 편집장이 실종되는 편집부 미스터리가 존재한다. 내가 알기로 편집장은 책을 한 권 만들 때마다 자신의 영혼을 갈아 넣고 있는 존재로, 영혼의 눈금이 0에 수렴한 상태에서 2024년 늦봄, 실종된 것으로 보인다. 그런데 영혼은 당근인가, 케일인가? 영혼을 어떻게 믹서에 갈아 넣는가? 그는 대답해주지 않는다. 과연 그는 어디에 있는가. 편집장이여, 이 글을 본다면 나에게 엽서 한 장 써주기 바란다. 이 책의 운명은 과연 어떻게 될 것인가?

여자는 왜 모래로 쓰는가

엄마는 39kg의 깃털일 때에도 병원 복도에서 걷기 연습을 했다. 정말 가벼워진 엄마는 왠지 날 수도 있을 것 같았는데 날지는 못했다. 다만 호두와 사과를 새처럼 조금만 쪼아 먹었다. 또 커튼을 치고 새처럼 속삭거렸다.[**]

옆집 여자, 밤에도 유튜브로 하느님 말씀만 들어. 어제는 새벽에 혼자 오줌 싼다고 설치다가 오줌을 한 바가지 쏟았어.

우리는 16층 병동의 서쪽 날개에 있었고, 누가 이 병원 건물 이름을 날개(wing)라고 지은 걸까? 나는 이따금 이름을 지은 사람을 생각했다. 왜냐하면 우리가 바로 그 새 속에 있었으므로.

의사 파업 중인 대학병원은 지구 최후의 날 같았다. 지구 최후의 날에도 투석을 받는 사람과, 링거를 맞는 사람과, 호흡기로 숨 쉬는 사람과, 보행기를 끌고 걷기 연습을 하는 사람과, 배식 카트를 나르는 사람과, 몇 시간마다 혈압을 재러 오는 간호사가 있고 앞으로도 있을 것이었다. 그래선가, 자꾸만 나는 질문이 많아졌다.

우리는 낮에도 흐린 날개 속인데, 이 새는 어디에서 와서 어디로 가고 있는 걸까?

물론, 새는 답해주지 않았다.

[**] 나는 김혜순의 시에서 본 여자를 이렇게 빠른 시일 내에 직접 보게 될 줄 몰랐다. 엉엉.《지구가 죽으면 달은 누굴 돌지?》, 김혜순, 문학과지성사, 2022.

이곳에서 나는 알게 되었다.

16층 서쪽 날개의 한끝을 가로지르면 보호자 대기실이 있었고, 보호자 대기실에는 텔레비전이 있었는데, 텔레비전이란 현대인의 모닥불 같은 것이었다. 특히 그 모닥불의 땔감이 막장 드라마이거나 축구 경기일수록 불은 잘 붙었다. 이 집 저 집에서 흘러나온 가족들은 코인세탁소에 모인 난민들처럼 텔레비전 앞에서 힘없이 응원을 하다가 꾸벅꾸벅 졸다가, 해가 저물어가는 16층 날갯죽지의 창문을 이따금 올려다보았다.

날갯죽지의 안쪽으로는 이 낭떠러지의 까마득한 바닥이 내다보였다. 천국에서 누군가 삐삐치는 소리가 자주 들렸고, 이따금 저녁 빛이 그 속으로 추락했다.

나는 모르는 척 고개 돌렸다.

우리는 거대한 새의 한쪽 날개에 세 들어 사는 임시 세입자였다.

하필 새의 깃 속에 세 들어 살 줄은 몰랐던 세입자라고나할까. 당시 16층 병동의 창문을 지나가던 다른 새들은 우릴 보고 무슨 생각을 했을까.

이 글은 바로 그 새가 하는 생각일지도 모른다.

이 말이 그저 미친 헛소리는 아니리라.

그리고 당신은 안다.

왜냐하면* 여자의 텍스트는 이 외로운 병실의 여자들이 되새기는 말 혹은 식민지 경찰도 빼앗지 못한 조선 백성의 노래와 같은 것이기 때문이다. 또한 그것은 본질적으로 '쓰기'가 아니라 '말하기'이며, 찢기기 쉽고 갈취되기 쉬운 종이쪽지 같은 것이지만, 누구도 새에게서 노래를 빼앗을 수는 없기 때문이다.

나의 엄마는 병실에서 사물이 된 슬픔을 기억하거나 나를 포함한 세상을 고발하려고 암호문 같은 일기를 쓰고, 그 것을 나에게 들려주었다. (나는 종종 엄마의 발표 지면이며 나는 이에 대해 원고료를 지급하지는 않고 있다.)

다시 말하지만, 나의 질문은 다음과 같다.

여자는 왜 모래로 쓰는가?
그리고 그 암호문을 어떻게 읽어낼 것인가?

당신은 안다. 텍스트(text)란 직물(textile)과 같은 어원이고, 그 단어들은 직물을 짠다는 뜻의 라틴어 'texere'에서 왔다.

그렇다면 쓴다는 것은 무엇인가? 바로 실을 잣고 옷을 짓

---

* 이 글에는 '왜냐하면' 또는 '왜냐하면'의 유령이 자주 출몰할 것이다. 왜냐하면, 내가 너무 많은 '왜냐하면'을 남발한 나머지, 편집장이 절반의 '왜냐하면'을 살해했기 때문이다. 비밀을 말하자면 이 '왜냐하면'은 배수아에게서 왔고(그밖에 '그리고' '그리하여' '그러므로'……), 나는 《독학자》처럼 여자의 언어를 배워 작문하는 방식으로 책을 썼다. 나는 호흡 도둑이며, 완전 범죄를 위해 배수아를 분석하지 않았다.

는 일이다. 《백조 왕자》의 소녀가 저주에 빠진 오빠들을 구하려고 쐐기풀 옷을 지은 것과 마찬가지로.

그런데 그 모진 일을 누가 시켰는가? 누구도 시키지 않았다. 여자가 오빠를 살리려고 스스로 수난에 처한 것이다. 사실을 말하면 자신은 살 텐데, 사실을 말하면 타자를 살릴 수 없으므로 여자는 다만 옷을 짓는다.

그렇다. 텍스트는 살려고 하는 힘이 아니라 살리려고 하는 힘에서 왔고, 그것은 본질적으로 여성적인 것, 여자의 것이다. 그러므로 일반적인 논리와 해석의 준거로 결코 여자라는 텍스트를 읽어낼 수는 없으리라. 꿈의 언어는 반드시 꿈을 살아내는 깊이로만 읽힐 수 있으며 여자의 텍스트가 바로 꿈의 언어이기 때문이다.

그런데 왜 하필 꿈인가?

어느 날 자신이 발이 없다는 것을 알게 된 여자는, 자신의 기원이 사람이 아니었음을 알게 되기 때문이다. 우리집 엄마는 아침 10시부터 밤 10시까지 옷 고치는 일을 했고 그 사이에 밥도 짓고 국도 끓이고 빨래도 삶고 감자도 삶고 고양이 밥도 주고 애도 키웠으며, 옷수선집에서 홀로 베틀 짜는 그 외로운 여자를 사람이라 할 수는 없으리라. (너네 집 엄마는 어떠했는가?)

그리하여 나는 여자를 다 살기도 전에 알게 되었다. 일찍이 모든 기다리는 여자에게는 발이 없으며, 기다림은 바로 모든 여자의 운명이라는 것을.

그러나 발이 없는 자에게도 신은 이야기의 발을 주시는

여자는 왜 모래로 쓰는가

법이다. 엄마는 《천일야화》의 셰에라자드처럼 어린 딸인 나에게 들려주기 위해, 혹은 자신이 미치지 않기 위해, 매일 밤 이야기를 지어내고 또 지어냈다.

나는 《비밀의 화원》의 버려진 꼽추 소년이자, 소년의 울부짖음을 듣고 그 아이를 찾아 떠나는 소녀였고(누구도 듣지 못하는, 혹은 듣고도 모르는 척하는 외로운 소년의 울부짖음을 듣는 것은 소녀다.) 으스스하고 아름다운 이야기의 대저택에서 살아갔다.

엄마가 매일 새롭게 다시 지어낸 이야기들은 엄마가 고치고 있던 바느질감을 닮아 있었고, 이 이야기들은 내가 인정하든 그렇지 않든 나의 쓰기의 토대를 이룬다. 또한 이 이야기들은 우리가 인정하든 그렇지 않든 우리 역사의 토대를 이룬다.

왜냐하면 그것이 너희의 어머니이고, 너희는 그 어머니의 자녀이며, 그 텍스트 속에서 태어나고 살아가기 때문이다.

나는 이 책에서 여자의 말하기—쓰기 특성을 세 가지로 분석했다.

첫째, 음성성.

작가라는 단어의 어원에는 '대리자'라는 뜻이 있다. 여자는 타자의 이야기를 들려주기 위해 받아쓰고, 전달하기 위해 말한다. 역사로 기록되지 않는 목소리로 된 기억을 대신 말하고, 말할 수 없는 것이 있음을 말한다.

그런데, 왜 타자인가. 왜 타자를 말하는가.

왜냐하면 바로 여자 자신이 여자의 타자이기 때문이다.
(너는 언젠가 네가 버린 줄도 모르는 너다.)

둘째, 번역성.
여자는 새가 되고, 짐승이 되고, 나무가 되고, 오래된 커피포트가 되고, 비인간 타자의 몸으로 갈아타면서 말한다.
그런데, 왜 몸을 갈아타는가.
왜냐하면 인간의 눈으로 본 세계는 인간의 세계일 뿐이기 때문이다. 여자는 환승을 통해 인간의 시각을 넘어서 보아야만 나타나는 세계가 있음을 말한다.

셋째, 유령성.
프랑스어로 유령이란 말은 '되돌아온 자'라는 뜻이다. 되돌아온 자라는 말은 죽음 세계로 건너갔다가 이 세계로 귀환한 자, 한 번은 죽어본 자라는 뜻이다.
여자는 되돌아온 자로서, 한 번은 죽어본 자로서 말한다.
그런데, 왜 저 세계에서 이 세계로 되돌아왔는가.
아마도 우리에게 말하기 위해.
왜 죽어서도 말하려 하는가. 왜냐하면, 오직 한 번은 죽어본 자에게만 보이는 것이 있기 때문이다.

이것은 말이지만, 그냥 하는 말이 아니다.
그리고 당신은 안다.
오직 꿈꾸는 자에게만 보이는 것이 있다. 오직 한 번은 죽어본 자에게만 보이는 것이 있다. 그것을 단순히 고통이라고만 명명할 수는 없으리라. 왜냐하면 죽음으로 죽지 않고 죽음으로 살고 있는* 한 그 경험은 고통을 초과하는 사건이기 때문이다. 수난(passion)의 다른 이름은 열정이며, 여자는 사랑의 불가능에 온 생을 봉헌하여 기꺼이 수난에 처하는 자이기 때문이다.

엄마는 병원에서 퇴원해 돌아온 새벽 네 시에 눈을 떠, 마찬가지로 그 시간에 자동 기상하는 엄마 새와 대화하면서 국을 끓이고 있었다. 다친 새벽에 국을 끓이는 여자는 사람인가, 유령인가? 그 국을 끓이는 자가 미쳤는가, 그걸 나무라는 내가 미쳤는가?

……그리하여 나는 아직도 여자를 모른다.

그러나 이것만은 안다.

이러한 여자의 텍스트를 읽고 쓰는 데 필요한 조건이 하나 있다면, 그것은 차가운 시신을 들춰보는 과학자의 시선을 버리고, 타오르는 푸른 불 속으로 들어가는 용기를 내는 일이다. 불 속을 걸으면서도 그 속에 있는 나를 보는 일이다.

타자를 살림으로써 나를 살리는 일.

나의 가장 더럽고 누추한 바깥을 살림으로써 나를 살리는 그 일.

---

* '죽음으로 죽지 않고 죽음으로 살고 있다'는 말은 《죽음의 자서전》에 나타난 김혜순의 여자의 발견이고, 이는 무슨 뜻인가? 죽음을 말하려면 그것을 지금 살고 있어야 한다는 것이다.

다시 말해, 사랑의 바깥은 사랑 없음이 아니므로.

지독하게 병원에 가기 싫어하는 나의 엄마는 지난 겨울 다리를 잘라야 할지 모르는 고통을 살아냈고, 나는 병원과 도서관과 도서관 앞 아메리카노 이천 원짜리 카페와 기억도 안 나는 이곳저곳에서 엄마의 두 발을 붙잡는 심정으로 이 글을 *다시* 썼다. 그리고 일장춘몽 같았던 오스트리아 빈 대학 레지던시를 거쳐*, 깨어난 제주의 어느 겨울 아침.

여기까지 읽었다면 알 것이다. 나는 그곳에서도 이곳에서도 내가 무얼 쓰고 있다고 누구에게도 말을 못했다. 말하려는 고통에 대항해 말하지 않으려는 고통이 있었으니**. 그러니 거기 있다면 당신이 들어달라. 그리고 당신의 이야기를 내게 들려달라***.

나는 훌륭한 프로 이야기꾼이 아니고 영원한 아마추어 이야기 직조자. 마이너스 생산성의 가내수공형 이야기 생산자. 재봉틀도 아니고 무려 베틀 짜는 베틀러. (주의 요망: '배틀' 아님) 자본주의 흐름에 제대로 역행하는 멸종위기의 한 마리 바다거북이 그 자체.

아, 그런데 그것은 전부를 바치는 무모한 여자의 사랑이었고 놀랍게도 내가 여자였다!

---

  * 나를 빈 대학에 보내준 아르코(한국문화예술위원회)에 감사하며, 이 책이 성과보고서에 적을 수 없었던 나의 성과임을 뒤늦게 밝힌다. 당시 나는 미래의 독자를 향한 발표 및 공연·전시를 하고 있었는데, 다만 그것은 보이지 않았던 것이다.
 ** Feat. 차학경.
*** 나는 이미 죽었을지 모른다. 그러나 들려달라.

애써 연재한 한 권의 원고를 전부 다시 쓰고야 마는 아마추어 여자. 이 아마추어 여자는 아직도 이야기에 여자의 두 발이 있다고 믿는다. 발이 없는 자에게도 신은 이야기의 발을 주시는 법이니까.

믿음이 없다면 어떻게 삶을 살아갈 수 있겠는가?

그리고 그것이 이 이야기의 전부다.

2025년 다시 봄
오늘도 버섯 포자처럼 점거한 남의 책상에서
장혜령

1부

목소리 쓰기, 받아쓰기

차학경
아니 에르노
한강

차학경

1951년 부산에서 태어났다. 1962년 미국으로 이주했다. UC버클리에서 비교문학과 미술을 공부했다. 1976년 프랑스 파리로 건너가 영화 이론을 공부한 뒤, 1980년 뉴욕으로 가서 작품 활동을 하는 한편, 친구가 경영하는 출판사에서 작가이자 편집자로 일했다.

1979년 말, 18년 만에 고국을 찾았으며, 1981년 남동생과 함께 다시 방문해 기획 영화 〈몽골에서 온 하얀 먼지〉 촬영을 시작했다. 1982년 11월 5일, 불의의 사고로 살해당해 세상을 떠났다. 사진작가 리처드 반스와 결혼한 지 6개월, 그의 첫 책 《딕테》가 출간된 지 3일째 되던 날이었다.

여자는 손의 메아리에
귀 기울이며

———— 말하는 여자,

그 여자는 식민지 백성을 닮았을 것이다

그러나 나는 이것을 안다.

어릴 적 나의 동네에는 병원에서 시작해 교회로 끝나는 골목이 있었고, 그 골목에는 태평양, 신세계, 애모, 애수, 정 같은 이름의 낮고 작은 상점들*이 있었으며, 그곳에서 밤의 여자들은 기다렸다.

보지 않고도 나는 안다.

언젠가 나의 골목은 우리 시대의 다른 수많은 골목들과 마찬가지로 완전하고도 참혹하게 부서졌으므로, 더는 볼 수 없음에도 그것을 안다.

* 나의 서울의 후미진 골목에는, 붉은 궁서체로 19세 미만 혹은 미성년자 출입금지라 써둔 '일반 음식점'이 있었다. 당신의 도시는 어떠했는가?

꿈에서라도 나는 본다.

왜냐하면, 각목을 휘두르고 붉은 스프레이를 뿌리는 남자들조차, 꿈의 담장을 함부로 훼손할 수는 없기 때문이다.

식민지 조선의 백성이었던 소설가 이상은 꿈을 글로 썼다. 현실에 국적이 없으며 어디로도 도피할 거처가 없는 디아스포라는 꿈의 나라로 망명하며, 아무 것도 가진 게 없는 자도 꿈을 가질 수는 있는 법이다. 그것은 여자의 텍스트가 근본적으로 꿈의 언어인 이유와 같다.

꿈은 이야기이고, 결코 다 말해지지 않고 말해질 수 없는 하나의 이야기이며, 그것은 글이 아닌 말의 특성을 지닌다.

그렇다. 기록을 찢을 수는 있으나 생각을 찢을 수는 없는 법이다.

이것은 오랜 시간 문자에 평가절하 당해온 말—목소리의 혁명성이고, 언어를 갖지 못한 자들은 지금도 목소리로 말한다.

모르겠는가?

그렇다면 저 여자를 봐라.

병들어 아무 데도 못 가는 여자. 새벽 네 시에 왔다가 오후 네 시에 다시 오는 새들 앞에 발표하려고 삐뚤빼뚤 일기 쓰는 너의 늙은 엄마를 봐라.

그것이 너의 늙은 미래일지니.

신음, 기포, 액체, 헐떡임, 들끓음, 웅얼거림, 중얼거림.

……너의 여자는 말하리라.

말할 수 없을 것을 말하고, 말해지지 않는 것을 말하리라.

그러니 이미 다 말했고, 이미 다 말해졌으리라.

너만은 알아보겠는가?

언젠가 엄마가 너를 알아보지 못하는 곳에서도 너만은 엄마를 알아보고 알아듣겠는가?

엄마의 말은 국물을 다 우려낸 국 속의 고깃덩이처럼 차가운 시간의 거리에 내던져졌으니, 조각조각 찢기고 산산이 분해되었으니, 그 말의 입자들이 편편이 우리의 역사를 이룰지니.

의미를 규정할 수 없다 해서, 존재하지 않는다고 할 수는 없다. 기록으로 남지 않았다고 해서 그 역사가 없다고 할 수는 없다. 때로 이방인들은 지배자의 통치 질서를 벗어난 곳에서 새처럼 지저귄다.

최초의 너와 내가 짹짹 하고 울었듯이.

말하는 여자의 멘탈리티, 그것은 식민지 백성의 멘탈리티를 닮았다.

이것은 차학경의 《딕테》를 관통하는 핵심적인 주제이다.

차학경의 여자는 언어를 빼앗으려는 압제자들에 대항하여, 식민지 백성들이 어떻게 새처럼 노래했는가를 말한다. 여자는 어떻게 아무 것도 쓰지 않으면서 모든 것을 썼는가를 말한다. 그런 글은 밝은 빛 아래서 읽을 수 없다고 한다.

그리하여 우리는 여자를 따라 어둠 속으로 들어간다.

들을 수 없는 것을 들으라고
여자는 말한다

그런데, 식민지 백성에게 말의 독립은 어떻게 가능한가?

《딕테》는 이 질문에 대한 답을 구하는 여정이며, 여자는 그 해답을 안으로부터 구하려 한다.

자신이 구멍이었던 적 있는 모든 존재는 여자이며, 한번 구멍 뚫린 자는 오직 그 구멍에서부터 시작할 수밖에 없으므로.

그러므로, 모든 여자는 자신 안의 바다에서부터 그 여정을 시작해야만 하리라.

차학경의 여자는 미국으로 이주해 영어를 배워야만 했던 자신의 몸에서부터 이 모든 이야기를 시작할 것이다. 그런 다음, 일제강점기를 살았고 일본어를 배워야만 했던 어머니에게로, 역사 속 말을 빼앗기고 박해받았던 다른 여자들에게로 갈 것이다.

그리하여, 《딕테》는 미국인 교사의 말을 받아쓰는 어느 외국인 소녀의 노트에서 시작한다.

쉼표나 온점 하나까지도 틀림없이 받아쓰려고 하는 소녀.

그러나 소녀는 살다(to live)와 떠나다(to leave), 백조(le cygne)와 기호(le signe)의 차이를 구분하지 못한다.

어떻게 사는 것이 떠나는 것일 수 있을까?

어떻게 백조가 기호일 수 있을까?

소녀는 의문하고, 소녀는 받아쓴다.

문단 열고　　　그 날은 첫날이었다　　　마침표

《딕테》의 원제는 DICTEE이고 DICTEE는 받아쓰기라
는 말이다.

DICTEE는 프랑스어 Dictée에서 왔을 것이고 DICTEE는
Dictée의 틀린 받아쓰기다.

두 겹의 받아쓰기.

받아쓰기 불가능!을 외치는 불가능의 받아쓰기.

그러나 이것이 틀린 받아쓰기임을 한국어 '딕테'라는 말
로는 알 수가 없다. 프랑스어에서 영어로, 영어에서 한국어
로 옮겨지면서, 옮겨질 수 없는 무언가가 문자의 뒤에 숨은
것이다.

보이는가.

문자의 뒤에서, 틀린 받아쓰기를 하는 소녀가.

영어를 못해서 자기보다 훨씬 더 어린 아이들과 한 반이
된 소녀. 무엇이 틀렸는지 몰라서 자신의 공책을 한참 들여
다보는 외로운 전학생 소녀. 그 열 살 소녀는 한국의 가족
과 다 같이 이주할 수 없어서, 처음 몇 달간 하와이에서 부
모 없이 지냈다고 했다.

텅 빈 교실에 혼자 남은 그 소녀를 나는 본다.

나에게도 있다.

존재에 관한 가장 근원되는 기억이 있다.

그 날은 첫날이었다. 나는 받아쓰기를 틀렸다. 교사는 나
이 들었고, 붉은 립스틱을 바르고 있었다. 나는 틀리지 않

으려고 교사의 입술을 주의 깊게 보았다. 그날 나의 실수는 않다와 앉다를 구분하지 못한 것이었다. 실수를 하지 않아야 할 자리에 실수를 하지 않은 것이다. 나는 실수를 하지 않았기 때문에 나뭇바닥에 엎드려 교사의 발을 보았다. 교사는 검은 구두를 신고 있었다.

나는 벌을 받았으나 이 일에서 교훈을 얻지 못했던 것 같다. 혹은 교훈을 따라야 할 이유를 알지 못했던 것 같다. 그리하여 나는 살아가면서 실수를 안거나 앉히는 실수를 종종 범했고, 그러므로 나는 벌을 받아야만 할 텐데. 그것이 나를 문학의 길로 이끌었다. 당신이 알고 있듯이, 문학의 발견이란 모두가 떠나간 학교에 홀로 남은 전학생이 자신이 저지른 실수를 끌어안거나 앉히는 일에서 시작되기 때문이다.

그러니 이제부터는 운명이 너를 선택한 것이 아니라, 네가 운명을 선택한 것이다.

실수를 끌어안을 수 있다면 그는 너의 연인이리라.

그는 바로 너의 옆자리에 앉으리라.

이것은 언어적 규범이 사물을 규정하는 것과는 정반대의 여정이다. 말을 마치 살아 있는 동물이나 연인처럼 다루기. 말과 함께 걷고, 뛰고, 만지고, 끌어안기. 말을 의미와 규범으로부터 해방시켜 그 힘을 다시 살게 하기.

이것은 일찍이 차학경의 여자가 했고, 당신도 했던 일이다.

최초에 우리는 모두 세상의 이방인이었으므로.

볼 수 없는 것을 보라고 여자는 말한다.

말을 빼앗긴 식민지 조선 백성에게도 기억은 있었다고, 누구도 사람에게서 이미 본 것을 빼앗을 수는 없으니 기억이 있었다고 한다.

이미 본 사람은 일찍이 자신이 본 것보다 더 멀리 본다고.

기억의 시력마저 금지할 수는 없는 법이므로, 사랑을 잃은 이도 꿈에서는 사랑을 보고, 고향을 잃은 이도 꿈에서만은 고향을 보며, 일제강점기와 한국 전쟁기를 살아내고 가족들과 미국으로 망명한 자신의 어머니는 기억을 볼 수 있어 살았다고.

기억이 있어 살았다고.

너무 오래 기억한 나머지, 그 기억이 되어버린 어머니처럼. 자신이 바로 그 어머니의 기억인 것처럼 여자는 말한다.

*어머니. 보고 싶어.**

이것은 일제강점기 일본으로 강제 징용된 어느 조선인이 손톱으로 돌벽에 새긴 글씨이고, 그 손톱에는 피가 맺혔을 테지만 그에게는 이름이 없다. 그러나 이름이 없다고 기억이 없겠는가? 여자는 메아리처럼, 이름 없는 그 글씨의 메아리처럼 말한다.

----

* 《딕테》의 도입에는 아무런 설명 없는 오래된 흑백 사진 한 장이 있다. *어머니, 보고 싶어*, 이것은 누구의 목소리인가? 종이도 연필도 없었던 조선인 징용자들은 고향을 잊지 않으려고 땅과 벽에 돌이나 끌로 글씨를 새겼다고 전해진다. 이런 글씨를 두고 '썼다'고 말할 수는 없으리라. 이러한 내용은 생존자의 회고록에서 찾아볼 수 있다. 《나의 히로시마》, 이실근, 양동숙·여강명 역, 논형, 2015.

들을 수 없는 것을 들으라고 여자는 말한다.

말을 빼앗긴 식민지 조선 백성에게도 노래는 있었다고, 누구도 새에게서 노래를 빼앗을 수는 없으니 노래가 있었다고 한다.

울 밑에 선 봉선화야. 네 모양이 처량하다.

그래서 어떤 노래에는 노래를 불렀던 모든 이들의 시간이 담겨 있고, 그래서 당신이 노래를 부르면 그 속에 살고 있던 모든 혼들이 함께 노래하며, 그래서 당신은 노래의 길목에서 자신도 모르게 눈물을 흘리게 된다고. 그것은 노래가 당신도 모르는 당신의 기원이기 때문에 그렇다고 한다.

노래는 일제강점기 조선인들을 살려낸 기도이고, 한국전쟁으로 고향을 등지고 부산으로 피난 가던 난민들의 임시 거처이자 목소리로 짠 비단 이불이며, 조선은 그 노래 속에서 왔고, 당신이 바로 그 노래라고 한다.

한 손에는 내리는 눈,
한 손에는 쏟아지는 빛을 쥐고서

나는 여자가 오랜 세월 이 이야기 속에서 살았으리라 생각한다.[*]

옛날 옛적에…… 눈이 내리고, 여자가 태어나기도 전에 눈이 내리고, 아기를 가진 어린 엄마는 전쟁을 피해 한밤에

여자는 왜 모래로 쓰는가

부산으로 가는 기차를 탔다는 이야기. 마치 가족을 지켜주듯 목화송이처럼 커다란 눈송이가 내리고 또 내리는 동안, 기차역 광장에 사람은 없고, 칠흑 같은 어둠 속 눈으로 뒤덮인 세계가 하얀 백지처럼 빛나고 있었다는 이야기[**].

여자의 어머니는 피난 가던 그 밤이 일생에서 가장 평온한 밤이었다고 했다.

오랜 세월, 여자는 이 이야기 속에서 살았으리라 생각한다. 그 밤의 눈송이들을 나는 본다.

여자의 문자 뒤로 내리는 눈.

쌓이면서 보이지 않게 되지만, 보이지 않는다 해서 사라지는 것은 아닐 어떤 역사를 본다.

기차 안에서, 이 모든 역사를 바라보는 한 어머니의 기도를 본다.

나는 여자가 또한 이 이야기 속에서 살았으리라 생각한다.

1951년 그들은 부산에 있었다. 시절은 아직 전쟁 중이었고 창문도 없는 부민동 어느 단칸방에 가족은 머물렀다고 했다. 한 방에 모여 사는 피난민들 틈에서 어머니는 아픔도 부끄러움도 잊고 아이를 낳았다. 산모와 다른 이들을 가르

---

[*] 나는 이 이야기를 아니 에르노의 《다른 딸》, 한강의 《흰》에 비춰 본다. 이 책들은 타자의, 타자에 의한 기억들이고, 우리 삶은 그러한 이야기들로 이루어져 있다. 한강은 쓴다. "이 이야기 속에서 그녀는 자랐다" 아니 에르노의 여자는 쓴다. "당신에게 닿기를 원하고 있습니다. ……이야기를 통해 당신이라는 존재에 대한 소식을 들었던 것처럼 말입니다."

[**] 이 기억은 여자의 큰 오빠 차학성으로부터 왔다. 《안녕, 테레사》, 존 차, 문형렬 역, 문학세계사, 2016.

는 경계는 오직 담요 한 장뿐이었다.

아버지가 아이의 탯줄을 땅에 묻는 것은 조선의 오랜 관습이었다. 딸이 태어난 날, 아버지는 탯줄을 묻으러 갔다. 돌아오는 길에 그는 장대한 일몰을 보았다. 어머니는 그날 그의 말 속에서 아기의 얼굴을 비추는 노을빛을 보았다[*].

그리하여, 당신은 알리라.

이 모든 것을.

미래를 과거 보듯 알리라.

머지않아 아기는 첫 걸음마를 떼며 소녀가 되고, 소녀에게는 여동생과 남동생이 생겨날 것이며, 조선은 남한과 북한이 되고, 민주주의 국가에는 민주주의 독재자가, 사회주의 국가에는 사회주의 독재자가 집권하고, 독재 반대 시위가 거듭되는 1960년 남한의 불안한 정세 속에서, 부모는 아이들의 미래를 염려하여, 미국으로의 이주를 결심할 것이다[**].

여자는 하와이에서 다시 샌프란시스코로 이주하고, 그곳의 대학에서 미술과 비교문학을 공부하며 예술가로 성장할 것이다. 고향을 떠난 지 18년 되는 1979년에 이르면, 여자는 마침내 조국으로 머나먼 여행을 감행할 것이다.

그러나 여자는 결코 조국을 찾지 못할 것이다.

---

[*]   이 기억은 여자의 어머니 허형순으로부터 왔다. (이 책에서 허형순은 남편의 성을 따른 미국식 이름으로 표기되었다) 《내가 두고 온 작은 흑점》, 차형순, 토마토출판사, 1997.

[**] 《딕테》의 한국어판 번역자 김경년은 번역 후기에 이런 이야기를 적고 있다. 《딕테》, 차학경, 김경년 역, 어문각, 2004.

어디에도 자신의 조국은 없다는 사실이 여자의 가슴을 아프게 할 것이다.

그리하여 여자는 그 아픔 그 기억 그 시간을 쓸 것이다. 그리고 그것은 쓰기의 공간 속에 영원히 머물리라.

오래 전, 루마니아의 어느 시인이 문자에 고향을 새겨 넣었던 일과 마찬가지로.

그 시인은 파울 첼란이다. 첼란은 루마니아 출신이지만 독일어를 함께 쓰며 자랐다. 그의 고향 체르노비츠가 언어의 접경이었기 때문이다. 그곳은 훗날 제2차 세계대전의 게토가 된 곳이기도 하다.

유대인이었던 그의 가족은 박해 받았다. 그의 어머니는 벨기에의 강제수용소로 끌려갔고 그는 어머니를 다시는 만나지 못했다고 했다. 유형 중에 어머니의 죽음을 전해 들었다고 했다.

첼란은 어머니가 남겨준 독일어가 자신의 고향이었다고. 현대 독일어에서는 결코 그 장소를 찾을 수 없었다고[***]. 그리하여 오직 그 기억의 장소를 거처로 삼아 쓴다고 했다.

그리고 당신은 안다.

기억의 거처를 만드는 쓰기가 있고 기억의 거처로서의 책이 있다. 세상에는 그런 책이 있고, 이 책이 그 책이다.

[***] 재일조선인 서경식은 파울 첼란에게서 언어가 장소가 될 수 있다는 희망을 보았던 것 같다. 그리고 그 희망은 아마 검은색이었으리라. 《디아스포라 기행》, 서경식, 김혜신 역, 돌베개, 2006.

《딕테》는 제우스의 아홉 딸들과 아홉 가지 예술(역사, 서사시, 천문학, 비극, 연애시, 서정시, 희극, 합창무용, 성시)을 연결한 아홉 챕터의 책이다. 책에는 일관된 서사나 주인공 없이 서로 다른 시대를 살아간 여자들이 이곳저곳에서 출몰한다. 외국어 받아쓰기를 하며 언어를 배우는 소녀로부터, 3.1 운동 때 항거한 유관순, 만주 용정의 소학교 교사였던 작가의 어머니 허형순, 예수 그리스도에게 헌신한 성녀 테레즈와 박해 받은 잔 다르크에 이르기까지.

결코 만날 수 없는 여자들이 만나는 장소로서의 책.

차학경의 여자는 왜 이들을 한데 만나게 했을까.

——— 별을 잇는 사람의 마음속에서
별자리는 생겨난다

1945년 8월 조선 해방의 날, 철저히 일제의 황국신민으로 살아왔던 어느 조선인은 말한다.

사실 너는 조선인이었고, 너희 나라가 해방되었으니, 이제 그리로 돌아가라는 말이 회천(回天)이었다고.

회천.

하늘이 빙빙 돈다.

천지가 바뀐다.

세상이 산산이 무너져내린다.

이것은 제주 4.3 때 오사카로 망명해 일본어로 시를 썼던

김시종의 이야기다*. 나는 이 이야기를 차학경의 이야기의 곁에 둔다.

이것이 차학경의 여자가 말하는 방식이다. 여자는 닮아 있으면서도 대립되는 두 개의 이미지를 연쇄시키며, 이미지들 간의 대화를 일으키려 한다.

한 언어를 다른 언어로, 한 이미지를 다른 이미지로 옮기기.

그러나 여기, 결코 옮겨지지 않고, 옮겨질 수 없는 차이가 있으리라. 그 시차 속에 칼 한 자루를 놓은 듯한 침묵의 거리가 있으리라.

여자는 다름아닌 그 거리를 말한다. 왜냐하면 한국에서 미국으로 위치를 옮기고 관습을 옮기고 문화를 옮기고 음식을 옮기고 말을 옮겨도 그 씨앗들은 자신의 토양으로 결코 온전히 옮겨지지 않으므로.

말하기란 본질적으로 몸을 매개로 한 경험의 번역과정이며, 언어란 불완전하고 불안한 속성을 지녔음을 여자는 말한다.

두 겹의 주체로 말한다.

주인과 더불어 사는 유령처럼, 혹은 원본과 더불어 있는 번역본처럼.

여자는 하느님이 아담을 만들고 나서 그의 갈비뼈를 떼어 만들어진 덤이고, 혼자서는 자기 자신이 누구인지 알 수

* 일본어에 복수하는 심정에서 일본어로 시를 쓴다는 그 마음은 대체 무엇인가. 《조선과 일본에 살다》, 김시종, 윤여일 역, 돌베개, 2016.

없어 거울을 본다. 자신의 이야기를 어머니의 이야기에 비추어보고, 어머니의 이야기를 역사 속 여자들의 이야기에 비추어본다.

왜냐하면, 한 여자의 이야기는 다른 여자의 거울이므로.

그러자 알게 된다.

마주 보는 이야기로부터 돌아오는 메아리가 있고, 내가 그 야호임을.

하늘의 별들이 각자 있을 때는 그저 한 개의 별일 뿐이다. 그러나 별을 잇는 사람의 마음속에서 별자리는 생겨난다. 그것이 바로 이야기이리라. (그러니, 어떻게 이을 것인가?)

그러자 하나의 역사는 없다는 것을 여자는 알게 된다.

그러자 하나의 형식도 없다는 것을 여자는 알게 된다.

차학경의 여자는 미술을 영화로 옮기고, 영화를 문학으로 옮기는 과정에서, 영화감독 장 뤽 고다르로부터 답을 구했던 것 같다. 고다르는 〈영화의 역사〉에서 역사란 해석된 현실이고, 역사적 이미지는 재현된 현실이며, 모든 역사란 과거에 대한 지금의 번역과정임을 말한다. 따라서 정전으로서의 역사는 없으며, 하나의 온전한 역사에 대한 믿음은 허구임을 말한다.

그렇다면 해석과 재현을 넘어서 진정으로 역사의 진실에 가닿기 위해서는 무엇을 해야 하는가? 기록이 전부가 아니고, 보이고 들리는 것이 전부가 아니라면, 무엇을 보고 들어야 하는가?

여자는 왜 모래로 쓰는가

그는 이미지의 해체와 새로운 연결이 필요하다*고 말한다. 그리하여 그는 만날 수 없는 두 역사의 이미지를 충돌시켜 영화라는 장소에서 마주 보게 한다. 역사의 진실에는 두 얼굴이 있기 마련이므로.

그는 대립되는 두 이미지가 마주 볼 때에야 비로소 진실이 드러난다고 생각했다. 그러므로 팔레스타인—이스라엘의 진실에 다가가려면 둘 중 하나의 이미지가 아닌, 둘 모두의 이미지가 필요하리라.

《딕테》에 담긴 여자의 어머니 사진은 실제 가족사진이지만 잔 다르크의 이미지는 영화 〈잔 다르크의 수난〉에서 가져온 것이다**. 차학경의 여자는 다큐멘터리의 이미지 곁에 허구의 이미지를 두어 두 이미지를 충돌시킨다. 이러한 이미지와 이미지—픽션과 논픽션, 허구와 사실—의 충돌은《딕테》의 중요한 전략이며 우리가 여자의 글을 영화적으로 느끼는 이유가 된다.

차학경의 여자는 이민자 여성인 자신을 일제 강점기에 교사로 일했던 조선인 어머니에 겹쳐 놓는다. 두 사람은 강

---

* 고다르는 '영화의 역사'를 보여주기 위한 영화를 새로 찍지(재현하지) 않는다. 다만 이미 세상에 존재하는 영화의 컷들을 찢고 오리고 새롭게 연결해 영화사를 재-구성한다.
** 이 책 안의 허구와 사실의 충돌에 대해 처음 생각하게 된 것은 2014년 미학자 양효실(중앙대 자유인문캠프)의 강연을 듣고 난 후다. 때는 초봄을 앞둔 몹시 추운 겨울이었고, 많은 사람들—주로 여자들이 여기 모여들었다. 왜 우리 시대의 여자들은 이러한 장소를 찾아 헤매는가? 남자들은 어디에 있는가?《딕테》는 마치 갈 곳 없이 방황하는 여자들을 위한 하나의 장소인 것 같았다.

제로 다른 언어를 배워야 했던 여자들이었는데, 한 사람은 이민자로 다른 한 사람은 피식민자로 살아갔다.

다음으로 여자는 어머니와 3.1 운동으로 순교한 유관순을 마주보게 한다. 두 사람은 피식민자로 살아간 여자들이었는데, 한 사람은 역사에 기록되었고 다른 한 사람은 역사에 기록되지 않았다.

다시 여자는 유관순과 성녀 테레즈를 마주 보게 한다. 두 사람은 순교한 여자들이었는데, 한 사람은 민족을 위해 다른 한 사람은 종교를 위해 희생했다.

마지막으로 여자는 성녀 테레즈에 조선인 어머니를 다시 마주 보게 한다. 두 사람은 사랑을 했는데, 한 사람은 예수를 향해 다른 한 사람은 남편과 아이를 향해 헌신했다.

이 이미지들은 어긋남으로써 질문한다.

영어를 강제로 배워야 했던 이민자 여자와 일제 강점기 일본어로 말해야 했던 조선인 여자의 고통은 무엇이 같고 또 다른가.

일제 강점기를 살아간 어머니와 유관순의 수난은 무엇이 같고 또 다른가.

유관순과 성녀 테레즈의 순교는 무엇이 같고 또 다른가.

성녀 테레즈와 어머니의 사랑은 무엇이 같고 또 다른가.

거듭된 질문 끝에, 우리는 또 하나의 질문을 마주한다.

언어를 얻고자 자신의 몸을 내어주는 여자와 사랑하는 여자, 순교하는 여자는 무엇이 같고 또 다른가.

차학경의 여자는 《딕테》에서 한 여자를 다른 여자와, 다

른 여자를 또 다른 여자와 마주 보게 하면서, 그 이미지의
마주침과 어긋남을 통해, 수난이 어떻게 열정이자 봉헌이
고 순교이며 또 사랑일 수 있는지를 묻는다.

몸을 내어주어야
말을 얻을 수 있다면

나는 여자의 문장을 받아쓴다.

She allows others[*].
나는 타자들을 허용한다.

이것이 말하려는 여자의 첫 사건이다.
이 타자들에겐 얼굴이 없다. 성별도 이름도 없다.
허용한다는 것은 허락하고 용납한다는 것, 기꺼이 받아들
인다는 것. 말을 하려면, 타자에게 무엇을 허락해야 한다는 것
일까?

In place of her. Admits others to make full.
그녀를 대신하여. 타자들이 가득 자리함을 허락한다.

---

[*] 《딕테》의 원문을 내가 직접 옮겨보았다. 《DICTEE》, Theresa
Hakkyung Cha, University of California Press, 2009.

Make swarm. All barren cavities to make swollen.
The others each occupying her.

들끓도록. 모든 황량한 구덩이들이 부풀어 오르도록. 저마
다 여자를 점령한 타자들.

들끓는(swarm) 단어 속에서 웅웅거리며 날아다니다가
알을 까는 벌레 떼가 보인다. 여자의 몸속에 타자들이 들끓
는다. 그들은 이곳저곳에 구덩이를 만들며 여자의 육체를
점령한다.

끔찍하다.

끔찍하기 이를 데 없다.*

여자의 육체는 더는 여자의 것이 아닐지니.

Tumorous layers, expel all excesses until in all
cavities she is flesh.

종양의 층들, 모든 과잉을 몰아낸다, 여자가 무수히 구멍이
뚫린 살덩이가 될 때까지.

보이는가.

구더기가 들끓는 살.

---

* 뒤라스는 말을 반복하면서 쌓고, 리스펙토르는 말을 번복하면서 부순
   다. 그 반대일 수도 있다. 아무튼 차학경은 뒤라스로부터 나는 차학경으
   로부터 그 반복과 번복을 훔쳤다. 그러나 우리 사이에는 사실 번역자 유
   령들이 존재하며, 엄밀히 말하자면 나는 번역자의 호흡을 훔친 것이다.

종양으로 부풀어 오르는 상처의 곪은 살이.

여자는 제물로 바쳐졌다. 이것이 여자가 바라던 바인가?

무덤 또는 폐허와도 같은 그 구멍의 육체를 나는 본다. 이 끔찍한 봉헌은 과연 무엇을 위함인가?

She allows others.

여자는 타자들을 허용한다.

말을 얻기 위해.

자신의 말을 얻기 위해.

여자가 자신의 말을 얻기 위해서는, 이미 그들의 것인 말을 자신의 몸에 이식하는 일부터 허용해야 하리라. 심겨진 타자의 말들이 온몸을 점령하여 구멍 뚫는 고통을 기꺼이 받아들여야만 하리라.

그리하여 한 번은 산산이 분해되고 찢기고 침식된 몸, 그 신체에서 비로소 자신의 말을 시작할 수 있으리라.

여자는 그 식민의 고통을 말한다.

말하려는 고통으로 인해 안에서 무언가 웅얼거린다.

그보다 더 큰 고통은 말하지 않으려는 고통이다. 말하려는 고통에 대항하여, 말하지 않으려는 고통.

여자가 구두점을 맡겠다고 하다

She would take on their punctuation. She waits to
service this. Theirs. Punctuation. She would become,
herself, demarcations.

여자는 그들의 구두점을 맡을 것이다. 여자는 이를 기꺼이
행하기 위해 기다린다. 그들의 것. 구두점. 여자는, 스스로,
구분점이 될 것이다.

해방이 언제인지는 모른다. 그것이 식민지 백성의 가장
큰 고통이다.

그러나 온다.

반드시 온다. 여자가 자신의 말을 얻는 날은 온다.

그런데 그 해방의 날에, 여자는 말의 왕국을 나눠주겠다
는 왕의 제안을 거절하는 공주처럼 선언한다[*].

나는 당신의 왕국 대신, 다름아닌 구두점을 맡겠노라고.

주어, 동사, 형용사, 부사도 아닌 문장의 끝에 오는 작은

---

[*] 기꺼이 구두점을 맡겠다고 하는 여자에게서, 나는 김혜순의 여자가 번
역한 '바리데기'를 본다. 바리는 누구인가. 여자라서 버려진 딸이고, 그
런데도 병든 아버지를 구하려고 서천서역국으로 약을 찾아 떠나는 여
자. 그곳에서 고된 시집살이를 하다가, 자신이 왜 여기 왔는지조차
잊게 된 여자. 오랜 고난 끝에, 바리는 자신의 허드렛물이 아버지를 살
릴 약수임을 깨닫고 아버지를 구해낸다. 아버지는 왕국의 절반을 주겠
다고 제안하지만, 바리는 아버지의 영토를 계승하는 대신 이쪽과 저
쪽(죽음 세계)의 경계를 잇는 강의 뱃사공이 되겠다고 한다. 《여성, 시하
다》, 김혜순, 문학과지성사, 2017.

점을 맡겠다고? 말을 얻으려고 온몸에 구멍을 뚫는 수난을 겪고서 겨우 구두점이 되겠다고?

여자는 말한다. 구두점이란 문장과 문장 사이를 가르는 구분점이자 경계라고.

그렇다.

문장의 끝에는 반드시 구두점이 온다. 뒤집어 말하면 이렇다.

구두점이 있어야 문장은 시작된다.

나는 여자의 말을 나의 말로 이렇게 받아써보았다.

> 하나의 문장은 하나의 구두점에서 다음 구두점까지의 여정이다. 구두점. 공백. 그리고 문장은 시작한다.
>
> — 〈백지는 구두점의 무덤이다〉,
> 《발이 없는 나의 여인은 노래한다》, 장혜령, 문학동네, 2021.

구두점을 맡겠다는 것은 무슨 말인가?

문장과 문장 사이를 잇는 전달자가 되겠다는 것이다. 말과 말 사이의 경계에 구멍을 뚫고 숨을 불어넣어 말을 잇고 또 살려내는 자가 되겠다는 것이다. 하나이면서도 하나가 아닌, 복수(複數)의 구두점들. 그 구두점(들)이 되겠다는 것이다.

여자의 글을 들여다본다.

하나의 구두점으로부터 다음 구두점이, 또 다음 구두점이 나타난다.

구두점이란 밀도도 부피도 없는 점이라고만 생각했는

데, 티끌 같은 구두점이 점점 커지더니 조금씩 앞으로 나
아간다.

· · ₀°₀₀° ₀ ° ₀° ₀°₀₀₀° ₀ ° ₀⚬ ○ ○ ○ ○ ○○ ○○○ ○ ○

문장이란 구두점이 거미처럼 기어가면서 흘린 피의 흔
적이었구나. 지면은 발이 없는 구두점의 피로 얼룩진 여자
의 몸이었구나.

그리하여 여자의 몸은 문장이 쓰이기를 기다리는, 그 언
어에 바쳐진 지면이었던 것.

나는 그 모습을 새의 시선에서 내려다보았다.

여자는 왜 모래로 쓰는가

밤새 지면 위로 무수한 눈송이들이 내려앉고 있었다. 눈은 쌓이면서 보이지 않게 되지만, 보이지 않는다 해서 사라지는 것은 아니었다.

> 눈발 흩날리는 허공처럼, 백지 아래 흰 구멍들이 가득하다. 구멍 속에서 흰 새 한 마리가 튀어나와 너의 머리 위로 솟구쳐 날아오른다. 너는 고개 들어 바라본다. 눈이 내리고 있다. 새는 눈송이와 눈송이 사이에 있다. 이제 막 땅에 닿은 눈송이와 아직 땅에 닿지 않은 눈송이 사이, 떨어지고 있는 눈송이와 그보다 늦게 떨어지기 시작한 눈송이 사이, 무수한 눈송이들과 눈송이들 사이의 시간을 스치며 새는 날아간다. 너는 날개가 보이지 않을 때까지 바라본다.
>
> ― 〈눈 한 송이와 눈 한 송이 사이〉,
> 《발이 없는 나의 여인은 노래한다》, 장혜령, 문학동네, 2021.

《딕테》는 구멍의 책이다.

최초에 자신의 언어를 찾으려는 여자는 타자들의 언어를 허용하며 몸에 구멍 뚫리는 수난에 처한다. 그리하여 종양으로 곪은 구멍은 마치 구두점처럼 보인다.

구두점은 말의 구멍이다.

구두점은 말이 호흡하는 구멍이고, 말과 말을 잇는 구멍이며, 여자는 그것(들)이 되겠다고 한다. 동시에 그 구멍(들)에 숨을 불어넣어 말을 살리는 자가 되겠다고 한다.

구두점이 흘린 피의 잉크로 글을 쓰겠다고 한다.

눈이 내린다.

눈송이들은 대지의 구두점들이다.

대지 위로 눈이 떨어진다. 아아, 눈 오는 대지는 타자에 스스로 자신을 헌납한 여자의 육체이리라.

그 잉크를 지금 흐르게 하라

스탈린 독재 치하, 유형에 처한 시인 오십 만델슈탐의 시를 구한 것은 아내 나데쥬다 만델슈탐이었다. 시를 문자로 기록하면 찢기고 말 것이므로, 여자는 누구도 찢을 수 없는 방법으로 시를 구해낸다.

그것을 암송하고 또 암송한 것이다*. 왜냐하면, 누구도 기억을 갈취할 수는 없으므로.

그리하여 여자는 자신의 육체를 제물로 봉헌하며 스스로 그 지면이 된다.

그리고 세월이 흐른다.

마침내 모스크바의 작은 아파트에서 홀로 거주하는 일이 허용되었을 때, 여자는 자신의 몸에 새겼던 시를 되살리고 또 되살리는 작업을 하였다.

되살리는 짓.

그것을 아마도 여자의 사랑이라고 말할 수 있으리라. 그것을 모른다면 당신은 여자를 모르고, 사랑을 모른다고도 할 수

---

* 《회상》, 나데쥬다 야코블레브나 만델슈탐, 홍지인 역, 한길사, 2009.

있으리라. 그러나 모르면서도 하고 있고 모르면서도 살고 있는 것. 그러니 당신은 모를 수도 있으리라.

바로, 당신 자신이 사랑이라는 것.

그러니 사랑이여.

알겠는가?

우리가 읽는 오십 만델슈탐의 시는 한 여자의 몸에 새겨졌던 목소리이고, 그 목소리는 여자의 침묵처럼 날카롭고 깊다는 것.

그러니 그 시는 누구의 것인가.

나는 그것을 알지 못한다.

차학경의 여자는 목소리들에게 몸을 주려 한다.

역사의 이야기를 지나간 과거의 한 페이지로 남겨두지 않기 위해.

납작한 문자 언어에 숨을 불어넣고 피를 흘려 넣어 그 시간 그 기억을 지금 여기 소생시키려 한다. 그래서 여자의 글쓰기는 음성적이며 여자의 시제는 언제나 현재형이다.

그래. 지금 여기가 아니라면 그 역사는 아무것도 아니리라.

그러니, 그 피를 지금 흐르게 하라.

그 잉크를 여기 흐르게 하라.

여자는 파손된 역사를 아무 흠 없는 이야기처럼 기워내는 대신, 애초 파손되었다면 그 파손을 드러내는 형식으로 쓰고자 한다. 그래서 여자의 쓰기는 파편적이다.

또 여자는 하나의 단일한 목소리로 그 역사를 말하는 대신, 역사 속에서 지워진 존재들 사이를 잇고 지워진 목소리를 그들 자신에게 돌려주려 한다. 그래서 여자의 쓰기는 음성적이다. 《딕테》의 제일 첫 장에서 아버지의 문자라는 영토를 거절하고 문장과 문장 사이를 잇는 구두점이 되겠다고 선언했던 바대로.

> Seize upon the punctuation. Last air. Give her. Her. The relay. Voice. Assign. Hand it. Deliver it. Deliver.
> 구두점을 붙잡아. 마지막 공기. 그녀에게 주어. 그녀에게. 전달. 목소리. 맡겨. 그것을 건네. 그것을 전해. 구해내.

deliver란 단어는 전달과 동시에 구원을 의미한다.

나는 이 문장들 속에서 여자의 마지막 순간을 떠올린다. 죽기 전 어둠 속에서 여자가 온 힘을 다해 전달했고, 여자의 오빠 차학성이 구해낸 이미지를.

> 어둠 속으로 어떤 모습이 떠올랐다. 그것은 살아 있는 듯한, 장갑을 낀 손이었다. (……) 장갑 한 켤레는 차가운 바닥에 조심스럽게 나란히 놓여 있었다. 피아노로 레퀴엠을 연주하는 것 같은 섬세한 손가락들처럼.
> — 《안녕, 테레사》, 존 차, 문형렬 역, 문학세계사, 2016.

여자는 뉴욕 맨해튼의 빌딩 지하 주차장에서 낯선 남자에게 살해당했다. 오빠는 동생의 흔적을 찾아 헤매다가, 경찰도 발견하지 못한 장갑 한 켤레를 찾아낸다. 경찰서 캐비닛에 처박힌 증거물일 뿐인 동생의 장갑을, 작가가 세상에 전하려 했던 하나의 퍼포먼스 작품으로써 발견한다*.

그후 수십 년, 그는 여자의 붉은 장갑―손의 이미지를 간직하며 살아간다. 사진 하나 없이도, 오직 기억만으로.

그는 작가의 퍼포먼스 목록에 넣고 싶다고 말하면서 마음속에 품어왔던 단 하나의 이미지를 우리 앞에 건넨다.

여자의 마지막 손.

나는 여자의 마지막 손과 구두점을 붙잡아 전달하려는 《딕테》의 손을 연결한다.

손이 마주 본다.

손의 메아리에 귀 기울인다.

---

* 이 이야기는 《안녕, 테레사》에 나온다. 그러나 나는 차학경의 큰오빠 차학성으로부터 이 이야기를 직접 전해 들었다. 그는 차학경이 죽음에 저항한 마지막 손짓이 어디에도 기록되지 않은 그녀의 퍼포먼스 작품이라고 말했다. 그리고 날카로운 침묵. ……나는 《딕테》의 오랜 독자로서 2014년 낭독회를 연 일이 있었고, 때마침 한국에 온 차학경의 가족들을 만났다. 그리고 몇 해가 흘러, 뜻밖에 이 손을 건네받은 것이다. 그때부터 손은 나의 책상 위에 있었고, 손이 나를 본다. 그걸 붙잡기 위해 나는 썼다. 일찍이 그가 그러했던 것처럼. 그러므로 내가 할 수 있는 일은, 그 손을 당신에게로 다시 전하는 것뿐. 그것이 이야기의 전부다.

아니 에르노

프랑스 노르망디의 소도시에서 태어나 노동자 출신의 소상인 부모 밑에서 유년 시절과 청소년기를 보냈다. 루앙 대학교를 졸업하고 초등학교 교사로 시작해 정교사, 문학 교수 자격증을 취득했다. 1974년 첫 소설 《빈 옷장》을 발표한 이래 1984년 《남자의 자리》로 르노도상을 수상하고, 1987년 어머니의 죽음을 다룬 《한 여자》를 통해 독보적인 글쓰기를 확립했다고 평가받았다. 2008년 《세월》로 마르그리트 뒤라스상, 프랑수아 모리아크상, 프랑스어상, 텔레그람 독자상을 수상했다. 2003년 그의 이름을 딴 문학상이 탄생했으며, 2022년 노벨 문학상을 수상했다.

푸른 벼랑의 말을 들어라

여자에게 글은
하나의 육체다

한밤, 복도를 배회하는 영혼의 옷자락 소리가 들린다.

이것은 꿈인가. 깨어나면 잊을 수 있는가.

세면대의 수도꼭지 돌리는 소리. 물 흐르는 소리. 핏자국 씻는 소리. 숨죽여 우는 소리. 불의 뜨거움을 안으로 삼키는 소리. 이윽고 걷는 소리. 맨발의 핏방울이 걷는 소리. 가랑이 사이로 떨어지는 핏방울의 슬픈 걸음 소리.

누구인가.

나는 악몽 같은 복도를 두리번거린다.

누군가 그런 나를 본다면 아마도 나는 나의 영혼처럼, 언젠가 내가 아무렇게나 버린 나의 여자처럼 보이리라.

나의 여자는 텅 빈 구멍을 바라본다.

텅 빈 바닥의 구멍.

그것은 백지의 심연이므로, 빠지지 않으려고 여자는 한 걸음 내딛는다. 그러나 그것은 백지의 심연이므로, 발은 무릎까지 꺼지고 만다. 여자는 또 한 걸음 내딛는다. 발은 허리까지 가슴까지 머리까지 꺼지고, 존재에게 생명의 푸른 불이 있다면 그 불마저 꺼져 어떤 것도 보이지 않게 된다.

어떤 것도? 그 어떤 것도.

그리하여 여자는 보이지 않게 된다.

여자는 보이지 않는 어둠이므로 보이지 않음을 보게 된다. 그때 본다는 것은 만지는 것이므로, 어둠은 어둠에게로 다가가 그 살을 더듬으리라.

《단순한 열정》. 연인의 정액을 하루라도 더 간직하려고 씻지 않은 어둠.

《부끄러움》. 아버지가 어머니를 지하실로 끌고 가 죽이려 했던 장면을 목격한 어둠.

《사건》. 한밤, 기숙사 화장실에서 낙태한 어둠.

탯줄 자르는 법을 몰라서, 가랑이 사이에 태아를 끼우고 절룩거리며 복도를 걸은 어둠. 기숙사 룸메이트와 두 개의 푸른 점 같은 눈을 가진 태아를 바라본 어둠. 그것을 비스킷 봉지에 담아 변기에 버린 어둠. 변기 물을 내려도 결코 사라지지 않는, 사산된 태아 같은 어둠.

어둠은 자신의 어둠을 위로하면서, 어둠은 자신의 어둠을 도려내면서, 이윽고 그 핏속에 잠기리라.

언젠가 나는 엘프리데 옐리네크의 《피아노 치는 여자》에서, 그리고 차학경의 《딕테》에서 구멍 난 여자의 어둠을 보았다. 구멍의 여자를 보았다.

옐리네크의 여자는 피아니스트가 되지 못한 피아노 교사였다. 그 여자는 욕실에서 칼로 허벅지를 그었다. 여자는 엄마를 도려내어야만 숨을 쉴 수 있었다. 마흔의 딸이 잘못된 길에 들지 않도록 딸과 한 침대에서 자는 엄마. 딸의 드레스를 가위로 도려내는 엄마. 그러고는 부드럽게 딸을 노크하는 엄마.

말하기 위해 여자는 자기 안의 엄마를 꺼내야 하고, 말하기 위해 여자는 육체에 구멍을 뚫어야 한다.

이 배설. 이 내뱉음. 이 쏟아냄. 이 토해냄.

이것은 자기 언어를 허락받지 못한 여자의 유일한 발화다.

차학경의 여자는 한국을 지우고 미국을 살아야 하는 이민자였다. 교사의 말을 받아쓰며 말을 배워야 하는 외국인 학생. 말하기 위해 먼저 여자는 타자의 말을 삼켰다. 말소리들은 투명한 씨앗들이었다. 여자가 씨앗에게 육체를 내어주자 그것들은 살 안쪽으로 구멍을 내며 파고들었다. 그 구멍들은 종양처럼 부풀어 올랐다.

저기, 곪아가는 여자의 몸 밖으로 신음 소리가 새어나온다.

이것은 은유가 아니다. 신음은 여자의 육체를 뚫고 나온 구멍의 말이고, 봄의 새순은 식물의 살을 뚫고 튀어나온 연두의 말일지니. (그렇다면 연두는 식물의 말인가, 새순의 말인가. 나는 그것을 알게 될까 두렵다.)

이 헐떡임. 이 들끓음. 이 웅얼거림. 이 중얼거림.

이것은 삼킨 말로부터 자신의 말을 토해내려는 여자의 첫 발화다. 그러나 이 말은 누구의 것인가. 나는 그것을 알지 못한다.

왜 이야기의 고통을
되풀이하는가

저기, 그 여자가 간다.

기숙사 화장실에서 자기 손으로 자신의 탯줄을 끊은 여자.

그 어둠을 말하려고 여자는 첫 책 《빈 옷장》을 썼다. 그러나 책에 그 이야기는 거의 나오지 않는다. 여자가 정말로 말한 것은 거의 반세기 뒤의 일이다.

언젠가 마르그리트 뒤라스는 평생의 비밀이었던 유년의 사랑을 쓴 《연인》을 두고 이렇게 말했다. 그 이야기만은 하지 않으려고 그토록 많은 말을 했다고.

그 이야기만은 하지 않으려고.

아니 에르노의 여자는 살면서 견딜 수 없는 고통이 찾아올 때 홀로 낙태 시술소를 찾아갔다.* 명패에 적힌 이름이 바뀌고 주인은 사라진 구멍 난 고통의 자리로. 고통의 텅

---

* 이 이야기는 여자의 책에서 몇 번이나 되풀이 된다. 《단순한 열정》에서 여자는 사랑이 실패하자, 언젠가 이보다 더 큰 고통이 있었음을 되새기려고 이 자리를 다시 방문한다.

빈 구멍이 백지의 심연임을 깨우쳐 주려는 듯.

왜 되풀이하는가.

왜 이토록 고통을 되풀이하는가.

살아 있다는 것은 구멍 뚫리는 고통이고, 구멍의 고통 속에 삶의 고동치는 붉은 심장이 있다고 믿는 어리석은 사람처럼. 붉은 심장이 맥박 치고 있음을, 기어이 만져보아야만 아는 어리석은 여자처럼.

연애를 하고, 결혼을 하고, 아이를 낳고, 빨래하고, 청소하고, 밥을 짓고, 설거지하고…… 남편을 이별하고, 부모를 이별하고, 그리하여 어느 날 생에 못다 한 광기의 사랑에 사로잡혀, 망각했던 자신의 여자를 찾아가는 미치광이 여자처럼.

왜 되풀이하는가.

왜 너는 이야기의 고통을 되풀이하는가.

그러나 여자는 뒤돌아보지 않고 간다. 노년에 유방암 판정을 받고서도 어린 연인과 사랑을 나누던 호텔 방으로, 이혼을 하고 아이들을 키우고 연인과 함께 살던 세르지의 집으로, 치매에 걸린 엄마의 요양원으로, 아빠의 장례를 치른 성당으로, 한 남자와 결혼하고 두 아이를 키웠던 안시의 신혼집으로, 교원자격 시험을 보던 리옹의 어느 고등학교 면접실로, 홀로 아이를 낙태했던 대학의 기숙사 화장실로, 불법낙태 시술을 받았던 루앙의 시술소로 간다.

마치, 기억의 장소들로 다가가는 것만이 자신의 여자를 해명할 수 있는 유일한 길이라는 듯.

낙태시술을 받던 불법시술소의 침상 위에서, 다리 사이로 검경을 집어넣고 이리저리 휘젓던 시술소 여자 앞에서, 내 안에 있던 엄마를 내가 죽였다고 느끼며. 그러나 죽인 엄마를 내 안에서 다시 낳기 위해, 피를 닦아낸 더러운 빨랫감이 든 더러운 가방을 다시 열기 위해.

여자는 어린 시절 살았던 노르망디 이브토의 시골집으로 간다. 1950년대 부모가 일하던 카페 겸 식료품 가게에서, 술 취한 아저씨들에게 에워싸인 바 테이블에서 눈을 내리깔고 문학책을 읽으며 그 속에서 자신을 향한 뜻밖의 구원을 발견했던 것처럼. 자신에게 일어난 일을 쓴다는 것이 다른 누군가를 향하는 구원이기를 바라며. 여자는 매번 그곳으로 돌아간다.

붉은 고통의 심장 속으로.

새벽의 부엌 테이블에서,
여자는

아니 에르노의 소설 속에서 나는 1950년대 노르망디의 작은 시골 마을 이브토로 들어선다. 저기, 레퓌블리크 거리가 보인다. 그곳에는 20세기 초에 지은 아름다운 빌라들이 늘어서 있다. 양산을 든 귀부인이 딸과 함께 집밖으로 걸어나온다. 그 우아한 걸음걸이는 그들이 속한 세계에 대한 그들의 인용구다. 그들의 제스처와 양식들이 인용구라면,

존재마저 하나의 레플리카에 지나지 않을지 모른다[*].

    그들을 지나쳐 걷는다. 아래로 갈수록 점점 고급 빌라가 줄어든다. 마침내 빌라가 자취를 감춘 길 위에서, 허리 굽은 노인과 그의 늙은 딸이 장바구니를 들고 걸어온다. 그 낡은 옷과 거친 말씨 역시 그들의 세계를 보여준다. 그러나 그들은 알지 못하리라. 아무리 감춘다 해도 언어의 가난은 숨겨지지 않으며, 그 언어 없음의 언어가 그들이 속한 세계에 대한 인용임을.

    그들은 레퓌블리크 거리와는 다른 세계에서 왔다. 클로데파르 거리. 레퓌블리크 거리라 불리는 큰 길 옆, 가난한 여자들과 남자들의 좁고 어두운 길이다. 노동자들의 거리. 빌라의 사람들은 오지 않을 흙투성이 거리.

    그 길이 바로 여자의 글이 생겨난 자리다. 그곳에 여자의 부모가 운영하는 가게가 있다. 통조림 하나 살 수 없는 노인들과 값싼 치즈를 사려는 부인들이 모여 이야기를 나누고, 저녁이면 고단한 사내들이 술을 들이붓는 곳.

    나는 문을 열고 가게 안으로 들어선다. 가게는 특이한 구조다. 1층에 카페와 식료품점이 붙어 있고 그 사이에 2층으로 올라가는 계단과 부엌이 있다. 경계를 가르는 벽이 없어서 한편에 들어서면 반대편까지 들여다보인다.

    그때, 한 소녀가 문을 열고 들어온다. 학교에서 막 돌아온

---

[*]   우동집의 우동 모형을 레플리카라 부른다. 그렇다면 당신은 무엇의 레플리카인가? 이것은 리스펙토르의 여자가 던지는 질문이다. 《G.H.에 따른 수난》, 클라리시 리스펙토르, 배수아 역, 봄날의책, 2020.

여자아이. 훗날 작가가 될 그 소녀를 나는 본다. 소녀는 서둘러 2층으로 올라가려 하고, 왜 크게 인사를 하지 않느냐고 아버지는 소녀를 붙잡는다. 손님들이 그들을 쳐다본다. 그 애는 결국 부엌에 앉아 가게를 보며 책을 읽기 시작한다.

어떤 손님들은 카페에 왔다가 부엌을 거쳐 식료품점으로 넘어가고, 어떤 손님들은 식료품점에서 카페로 넘어간다. 어린아이가 무슨 책을 그리 골똘히 읽는지 다들 힐끔힐끔 쳐다본다.

숨고 싶으리라. 간절히 소녀는 숨고 싶으리라.

그러나 어디에도 숨을 곳은 없다. 소란을 피해 올라간 2층 방에서조차 술 취한 사내들의 목소리가 올라오고 창밖으론 마당에서 오줌 누는 그들의 실루엣이 보인다. 가게가 문 닫은 밤에도 혼자일 수 없다. 침대에 누워 있으면 얇은 벽 너머로 엄마 아빠의 몸 섞는 소리가 들린다. 그래서 그 애는 부엌에서든, 카페에서든, 2층 작은 방에서든 쉬지 않고 책을 읽는다.

책만이 가장 멀리 탈주할 수 있는 유일한 장소이기에.

그리하여 문학, 오직 문학만이 소녀를 구원할 것이다. 문학만이 한 번도 가 본 적 없는 먼 곳으로 소녀를 데려가 줄 것이다. 소녀는 성장해 대학에 진학하고 소설을 쓰게 될 것이다. 그리고 성년에 이르러 한 가지 결정적 선택 앞에 놓일 것이다.

한 남자와의 결혼이라는 여자의 문제. 이 또한 소설로 쓰

여자는 왜 모래로 쓰는가

였기에 우리는 이야기의 결말을 안다.

여자는 자유를 찾아 서둘러 결혼하여 지긋지긋한 고향을 떠나리라. 머지않아 여자는 알게 되리라. 결혼한 여자는 가정주부이며 어머니이기도 해야 한다는 것을. 여자는 매일의 요리와 청소와 빨래와 설거지를 해내야 하리라. 그리고 아이를 가져야 하리라. 이를 위해 무엇보다 먼저 문학책을 덮어야만 하리라.

그리하여 어느 날, 여자는 혼자 논문을 써내고 클래식 공연을 보러 가는 남편을 일별하며 자신이 자유로부터 가장 먼 곳에 와 있음을 알게 된다. 이 시간 속에서 쓰인 글이 첫 책 《빈 옷장(1974)》이다. 자유로워지고자 사랑을 갈망했으나, 홀로 낙태를 겪어야 했던 한 여자의 이야기. 문학 이야기를 나눌 남자를 만나 결혼했으나, 정작 그 문학을 내려놓아야 했던 한 여자의 이야기. 서른넷의 여자는 왜 자신이 과거에 속박되어 있는지 알기 위해 기억의 장소를 찾아간다.

알기 위해 간다. 그저 알기 위해.

그때, 여자의 첫 책은 분명 부엌 테이블 위에서 쓰였을 것이다. 아내와 작가라는 두 정체성 사이에서 찢기며. 이브토에 살았던 소녀의 문학이 카페와 식료품점 사이의 부엌에서 시작되었듯이.

내 안에…… 삶을 살 준비가 되어 있는 소설 속 여자 주인공이 숨어 있음을 느낀다.
— 《빈 옷장》, 아니 에르노, 신유진 역, 1984Books, 2022.

여자는 서서히 얼어붙은 삶을 깨고 소설적인 삶을 살아갈 것이다. 《빈 옷장》을 쓰면서 글 쓰는 여자가 되었듯이. 《얼어붙은 여자》를 쓰고 남편과 결별했듯이. 《단순한 열정》을 쓰고 그 열정에 매혹된 남자들을 연인으로 삼았듯이. 어떤 사건으로 인해 소설을 쓰는 것이 아니라 소설을 씀으로써 자신의 삶에 사건을 일으킬 것이다.

불타버린 말의 재를
읽어낼 수 있는가

한 여자의 이야기는 다른 여자의 거울이다. 나는 그 오랜 프랑스 여자의 이야기 속에서 나의 이야기를 비춰본다. 나의 엄마는 가게를 했다. 서울 변두리 동네의 옷수선집이었다. 1950년대, 아니 에르노의 자리가 카페와 식료품점 사이의 주방이었다면 1990년대, 내 자리는 네 평 남짓한 수선집 한편의 재단대 앞 평상이었다.

나는 평상 한가운데 앉은뱅이책상을 펼쳐놓고 책을 읽거나 숙제를 했다. 가게에 들어온 손님은 맞은편에 앉았다. 손님 가운데 나와 같은 학교를 다니는 아이들의 엄마들이 있었다. 그중 아들을 가진 비교적 부유한 엄마들. (그들은 얼마 안 가 신도시로 떠나갈 것이다.) 그녀들은 저녁 무렵 가게에 와서는 책상 위에 놓인 내 공책을 들춰보았다.

나는 아니 에르노와 그 엄마가, 손님이 오면 읽고 있던 책을 감추던 모습을 떠올린다. 나의 시대에도 여자아이가 그런 장소에서 책을 읽는다는 건 의혹을 불러일으키는 일이었다. 엄마는 손님들 앞에서 책을 감췄고, 우리의 생각을 감췄다.

우아한 여자들. 흰 블라우스를 다려 입는 여자들. 그런 여자들은 우리 동네에 살지 않았을 뿐더러, 우리 가게에도 오지 않았다. 우악스러운 여자들. 묵묵히 비질을 하고 걸레질을 하는 여자들. 그들이 우리 가게의 손님이었다.

그들은 옷을 맡기며 성당 고해실에서 꺼내야 할 이야기를 했다. 미혼의 남자 신부에겐 하기 어려울 이야기였다. 아들이 집을 나갔다던가, 어린 딸이 아이를 배서 결혼을 시켜야 할 것 같다던가, 남편이 바람을 피웠다던가, 그런데도 반성은커녕 뺨을 때렸다던가…….

나는 멍든 여자의 얼굴을 힐끔 쳐다보았다. 여자의 눈에서 눈물이 흘러내렸다. 여자의 남편은 겉보기에 점잖은 사람 같았다. 나는 이 현실이 믿기지 않았다. 우리가 같은 여자라는 종족임을 믿을 수 없었다. 그러므로 나는, 그 여자의 운명으로부터 최대한 멀리 달아나고 싶었다.

그러나, 달아나면 달아날수록 그 거리는 나를 따라왔다.

언젠가 나는 사랑했던 남자가 시내 한복판에서 술에 취해 나를 후려쳤을 때 그 거리를 보았다. 허름한 호텔 방을 나설 때 문 앞에서 마주친 청소하는 여자에게서 그 거리를 보았다.

지금도 나는 도처에서 그 거리를 본다. 늦은 밤 수레에 폐지를 싣고 가는 목 없는 유령 같은 여자들에게서, 전철역 출입구 앞에 앉아 나물을 다듬어 파는 여자들에게서, 복음을 전하는 메시지가 담긴 티슈를 나눠주는 여자들에게서, 공공 화장실 제일 끝 칸막이 안에서 대걸레를 쥔 채 변기에 걸터앉아 쉬는 여자들에게서.

아니 에르노의 여자는 성별만큼이나 사회적 출신이 글쓰기의 양상을 결정한다고 했다. 지배하는 세계의 사람에게는 지배당하는 사람과 지배의 양식이 보이지 않는다.[*] 오직 지배당하는 세계에 살아본 자에게만 보이는 것이 있다.

언젠가 1호선 지하철에 앉은 중년여자의 더러운 신발코를 보았을 때, 여자의 피로한 얼굴에 눈물이 흐르고, 운동화 끈을 매는 척하던 여자가 허리를 굽힌 채 한참을 웅크려 있었을 때, 그토록 많은 사람들 가운데 울 수밖에 없는 슬픔을 나는 알 것 같았다.

오래전 내가 살던 집은 벽이 종이처럼 얇았다. 손바닥만한 창을 마주한 옆집에서 한밤 누군가 구토하는 소리가 들려올 때 나는 나의 소리가 새어나가는 게 두려워 이불을 뒤집어썼다. 그곳에서 나는 소리 내지 않고 말하고 숨 쉬었다. 그래서 이따금 거리에서 울었다. 불쑥 기억이 틈입할 때 씁쓸하게 나는 깨닫는다. 이런 기억이 없었던 사람처럼은 살 수도 없고 쓸 수도 없음을.

---

[*] 《진정한 장소》, 아니 에르노, 신유진 역, 1984BOOKS, 2022.

또한 나는 안다. 쓰기는 본질적으로 거리두기—분리의 과정이다. 그러므로 글을 쓰는 한, 나는 더 이상 그 세계에 속하지 않는다. 문학 언어를 쓰는 한 나는 계급 탈주자다. (계급 탈주자. 아니 에르노는 대학 진학으로 고향을 떠날 수 있었던 자신을 그렇게 불렀다.)

내가 오래 머물렀던 서울 외곽의 방 한 칸, 보증금 오백에 월세 삼십, 혹은 보증금 삼천인 전셋집의 세계, 그 세계의 언어는 거칠고 투박했다. 그곳에서 자기 삶을 기록하려는 욕망을 가진 이가 과연 있었을까.

나는 세상 어떤 사람에게는 자신의 고통을 표현할 언어가 없거나, 있다 해도 그 언어가 가난하다는 사실을 안다.

뉴스 속 목숨을 끊은 노동자의 문자 메시지나 유서의 단어들.

힘들다. 괴롭다. 죽을 것 같다. 노력해도 되지 않는다. 미안하다. 아프다. 슬프다.

이 말들은 구멍들이다.

거칠고 성긴 그물이어서, 고통은 그 구멍 사이로 여지없이 빠져나가 버린다. 그럼에도 나는 구멍 난 말들로부터 언어 너머의 무언가를 붙잡아 보려 한다. 오직 그것만이 존재에 가닿는 길일지니.

그러나, 본다는 것. 그 또한 거리를 두고 생각할 시간이 있는 자의 특권이 아닌가? 지금도 나는 단어를 고르고 다시 배열한다. 문학 언어란 분명, 단어 고를 여유가 있는 자들의 전유물이다.

여자의 아버지는 노동자였다. 그는 평생 대중소설과 매뉴얼 몇 권만을 읽었고, 살아가는 데 책이나 음악 따위는 필요하지 않다고 말했다. 또한 그는 평생 딸의 책을 읽지 않았다(아아, 우리집도 그렇다. 나의 아버지는 노동자이며, 노동자는 문학 책을 읽을 여유가 없기 때문이다. 그래도 나의 아버지는 한때 대학을 다녔고 《무기의 그늘》도 《세계 철학사》도 읽었다. 그러나 지금 그의 책상 위에는 자격증 시험 문제집과 설비 매뉴얼만이 놓여 있다.). 여자는 아버지 세계의 말을 버려진 언어라 불렀다. 버려진 언어는 문학 교수가 된 여자가 떠나온 세계였다. 여자는 아버지 말의 '천박한 힘'을, 자신의 문학 언어로 번역할 수 있기를 바랐다. 그리하여 여자는 아버지의 말을 옮겨냄으로써, 아버지의 죽음을, 그 모든 버려진 것들의 죽음을 살게 하고 싶었으리라.

그러나 버려진 아버지의 말은 말의 구멍이며, 타오르는 구멍의 말이므로, 거기엔 어떠한 언어로도 번역될 수 없는 말의 재가 남으리라. 그러므로 그 재를 읽어내는 것. 불타버린 말의 재를 읽어냄으로써 죽은 말을 살게 하는 것.

그 일은 오롯이 독자인 우리의 몫으로 남는다.

여자는 푸른 벼랑이다

아니 에르노를 읽다 보면, 여자가 한때 자신이었던 여자를 벼랑으로 몰아세우고 있다는 생각이 든다. 아니, 여자가 벼랑이라는 생각이 든다.

내몰린 자신의 여자를 보는 벼랑.

여자는 푸른 벼랑이다.

《빈 옷장》에서 시골집을 탈출하기를 갈망하던 여자는 《얼어붙은 여자》에서 마침내 자유를 찾아 결혼한다. 그리하여 인테리어 잡지에 나올 법한 어느 가정의 초대를 받아 남편과 아이에 대해 이야기하는 오후의 티 테이블 앞에 앉아 있을 때, 불현듯 여자는 알게 된다.

거기 여자는 없다는 것을. 오래전 여자는 죽고, 얼어붙은 껍데기 여자가 그 삶을 대신 살고 있다는 것을.

그렇다면, 여자를 살해한 자는 누구인가?*

여자를 벼랑으로 내몬 것은 다름아닌 자신이라는 자각, 세상 무수한 여자들이 자신의 이야기를 쓰레기처럼 내버림으로써 자기 살해에 가담하고 있다는 자각이 쓰기의 역동성을 만든다. 만약 자신의 여자를 희생자로만 여겼다면 이야기는 뻔한 것이 되었으리라. 자명한 것, 더는 알 필요 없는 죽은 진리가 되었으리라.

여자의 쓰기에 더 큰 변화가 일어난 시점은 부모의 이야기 《남자의 자리(1983, 43세)》를 쓴 때다. 여자는 《빈 옷장》

---

* 이에 대해 비비언 고닉은 썼다. "여기서 필요한 부분은 적나라한 자기폭로이다. 자신이 상황에 일조한 부분 —즉 자신의 두려움이나 비겁함이나 자기기만 —을 이해해야 역동성이 만들어진다." 《상황과 이야기》, 비비언 고닉, 이영아 역, 마농지, 2023.

같은 스타일로 이 글의 초고를 쓰다가 난관에 부딪혔다고 한다. 자기 이야기를 쓸 때 확보했던 거리감을 아버지 이야기를 쓸 때도 똑같이 적용할 수는 없었기 때문이다. 어떠한 시선으로 아버지를 바라봐야 할지가 문제였다.

이야기의 서술자는 딸의 책을 결코 읽지 않았던 아버지를 혐오하는 딸일 수도 있었고, 노르망디 시골의 기억을 남겨준 아버지를 그리워하는 딸일 수도 있었다. 어쩌면 서술자는 이 모든 고통으로부터 멀어져 한 노동 계급 남자를 관조하는 역사가일 수도 있었다. 여자는 딸의 자리를 지키면서도 개인으로서의 아버지를 마주하는 방법을 찾으려 했다. 어떻게 해야 아버지를 연민하거나 증오하거나, 미화하지 않고 볼 수 있는가.

아버지를 그려내는 보통의 방법은 두 가지였다.

하나는 고통을 부각하기. 다른 하나는 영웅 만들기.

전자를 택한다면 아버지는 농부의 아들로 태어나 불평등한 사회를 버텨낸 가난한 남자였고 후자를 택한다면 아버지는 어려움 속에서도 자신의 터전을 일궈낸 굳센 노동자였다. 그녀는 아버지를 위장하고 싶지 않았다.

그리하여 이로부터 아니 에르노의 스타일이 탄생한다. 사실을 바탕으로 한 단조로운 글쓰기. 연민의 살갗을 벗겨낸 글쓰기. 최소의 단어로 노동자 아버지라는 타자에 진입하는 칼 같은 글쓰기.*

어머니마저 세상을 떠나자, 여자는 어머니의 치매와 죽음을 다룬 《한 여자(1987, 47세)》를 썼다. 처음 여자는 1인칭

'나'를 주어로 초고를 쓰기 시작했다 한다. 그러나 어느 순간 1인칭 나를 지우고 '비개인적 자서전'을 써야 한다고 느낀다. 어떠한 일이 자신에게 일어났다면 그 일이 자신에게만 일어난 것은 아니리라는 서늘한 예감 속에서, 자신을 쓰면서도 자신에게만 갇히고 싶지 않았던 바람으로. 여자는 자신의 이야기를 통해 세상에 기록되지 못한 무수한 여자들을 백지 위로 불러들이려 했다[**].

진실이란 이별 후에야 비로소 우리가 마주할 수 있는 그 무엇인지 모른다. 부모가 죽고서 여자는 이전까지 쓸 수 없었던 더 깊은 과거 속으로 걸어들어간다.

아버지가 어머니를 지하실로 끌고 가 죽이려 했던 유년의 기억을 쓴 《부끄러움(1997, 57세)》. 기숙사 화장실에서 낙태했던 이십대의 기억을 쓴 《사건(2000, 60세)》. 그리고 《세월(2008, 68세)》.

---

[*]   아니 에르노의 여자는 《칼 같은 글쓰기》에서 자신이 '평평한'(번역자 최애영) 글쓰기를 추구한다고 말하는데, 인터뷰를 번역한 다른 번역자들은 이를 다르게 옮긴다. '밋밋한'(번역자 윤진), 혹은 '단조로운'(번역자 신유진). 평평하거나 밋밋하거나 단조로운 글쓰기에 대한 작가의 고민을 이 책에서 확인할 수 있다. 《칼 같은 글쓰기》, 아니 에르노(프레데리크 이브 자네 인터뷰), 최애영, 문학동네, 2005.

[**]   아니 에르노는 사회학자 로즈마리 라그라브와의 대담에서 자신의 쓰기는 자서전이나 오토픽션(autofiction)이 아니라 자서전·사회학·전기(auto-socio-biographie) 혹은 민족학·사회학·전기(ethno-socio-biographie)라고 명명한다. 《아니 에르노의 말》, 아니 에르노·로즈마리 라그라브, 윤진 역, 마음산책, 2023.

《세월》에서 칠십에 이른 노년의 작가는 과거의 자신을 '그녀'라 부른다. 그 숱한 세월을 살아낸 여자와 이브토의 식료품집 딸이 같은 존재일 리 없다는 듯이.

그 소녀. 《세월》의 그녀로부터 나는 첫 책《빈 옷장》의 주인공 드니즈 르쉬르를 떠올린다.

드니즈 르쉬르.

아니 에르노의 여자 가운데 유일하게 이름을 지녔던 인물. (그녀의 인물들은 대부분 이름이 없다. 어머니. 아버지. 그. 그녀. 연인의 이름조차. 《단순한 열정》의 A. 《집착》의 W.)

아니 에르노는 왜 자신의 첫 여자에게만은 이름을 주었던 것일까.

한 여자인 동시에
모든 여자의 초상을 쓰기 위해

여기 한 소녀가 있다.

부치지 못하는 편지를 쓰는 이브토의 시골 소녀, 아니 에르노.

소녀는 한 번도 만난 적 없는 사촌에게 편지를 쓴다. 왜 하필 모르는 여자아이에게 편지를 쓰는 걸까. 소녀는 결코 이유를 알지 못하리라. 우리가 삶의 한복판에서 삶을 알지 못하듯이. 사랑의 한복판에서 사랑을 알지 못하듯이.

그러므로 강물처럼, 세월은 흐를 것이다.

여자는 왜 모래로 쓰는가

푸른 강물처럼.

어느 날 세월은 이브토의 소녀를 여자로 만들고, 여자는 세상의 다른 무수한 여자들과 마찬가지로 한 남자에게로 가서 자신의 모든 것을 내어주며 자유를 얻으려 하리라. 그러나 타인으로부터 자유를 구하는 한 여자는 결코 그것을 얻지 못하리라.

남편과 아이가 잠든 새벽, 홀로 눈을 뜬 여자의 모습이 보인다. 어린 시절 그러했듯이, 여자는 누구에게도 보이지 않게 부엌 테이블 아래 숨겨둔 원고를 그제야 서랍에서 꺼낸다.

여자는 살면서 종종 자신이 누구인지 잊었다. 살아간다는 것은 언제나 얼마간의 망각을 요구했으므로.

쓰기 위해 여자는 '나'를 찾아야만 할 것이다.

찾기 위해서는 보아야 하고 보기 위해서는 거리를 두어야 하기에 나는 나로부터 먼 곳에서 나를 불러야만 할 것이다.

생은 무수한 반복이며, 우리는 반복을 반복하는 줄 모르며 살아가기에 불현듯 여자의 머릿속에는 어릴 적 편지봉투에 적었던 이름자가 희미하게 떠오르고. *드니즈 르쉬르.* 여자는 결코 이유를 알지 못할 것이다.

그러므로 다시 세월은 흐를 것이다.

강물처럼, 푸른 강물처럼.

《진정한 장소》에서 아니 에르노는 만난 적 없는 사촌 언니에게 편지 쓰던 유년의 기억을 말한다. 편지의 수신인은 사촌인데, 이상하게도 그 이름 속에서 죽은 언니가 떠오른다고. 자신이 태어나기도 전에 죽었다는 언니가.

언니는 1932년에 태어나 여섯 살에 디프테리아로 죽었다. 부모는 다시 아이를 가졌다. 딸이었다. 딸이 자라서, 소녀가 되었을 때도 그들은 언니에 대해 말하지 않았다. 그러다 아홉 살 무렵, 소녀는 가게 뒤쪽에서 어머니가 손님과 나누는 대화를 엿듣다가 비밀을 알게 된다.

그후 소녀는 비밀을 알면서도 모르고 살게 된다.

가족 묘지의 이끼 낀 작은 비석을, 그 속에 새겨진 언니를 알면서도 모르고 살게 된다.

그러자, 작은 불 같은 비밀을 일생으로 살게 된다.

타오르는 비밀의 한복판에서 불을 꺼내기를 갈망하면서도 그것을 알지 못하게 된다. 우리가 사랑의 한복판에서 사랑을 알지 못하듯이.

한 여자의 이야기는 다른 여자의 거울이므로, 나는 백 년전 한 여자의 기억을 나의 거울처럼 바라본다. 죽은 언니를 향하는 줄도 모르고, 죽음에게 편지 쓰던 소녀를. 사랑으로부터 구원을 바랐으나 사랑은 언제나 수난*의 고통이었고 수난은 언제나 열정의 뒷면이었으므로. 사랑의 고통을 말하려는 열정으로 스스로 구멍 뚫리는 수난에 처한 한 여자

---

* passion. 수난의 다른 뜻은 열정이다. 한 단어 안에 결코 양립할 수 없는 두 뜻이 거울처럼 맞보고 있음은 무엇을 의미하는가.

여자는 왜 모래로 쓰는가

를, 나는 나의 뒷면처럼 본다.

여자는 사랑을 멈추지 않고, 사랑의 고통을 멈추지 않고, 사랑의 쓰기를 되풀이하는 어리석은 고통을 멈추지 않고, 끝내 자신의 글을 사랑의 거처로 삼으리라.

마침내 다다른 여자의 장소는 죽은 언니에게, 자기 안의 죽음에게 보내는 한 통의 편지에 다름아니리라.

한 통의 편지에 닿기 위해, 그 불같은 비밀만은 말하지 않기 위해, 여자는 그토록 많은 글들을 써왔음을 알게 되리라. 그리하여 그 편지 속에서 여자는 세상에서 완전히 잊히고 버려진 이름 없는 여자. 한 여자인 동시에 모두인 여자. 자기 자신이었을지도 모르는 타오르는 여자의 초상을 마주하리라.

한강

1993년 《문학과사회》 겨울호에 시 〈서울의 겨울〉 외 4편을 발표하고 이듬해 서울신문 신춘문예에 단편소설 〈붉은 닻〉이 당선되면서 작품 활동을 시작했다. 장편소설 《검은 사슴》 《그대의 차가운 손》 《채식주의자》 《바람이 분다, 가라》 《희랍어 시간》 《소년이 온다》 《흰》 《작별하지 않는다》, 소설집 《여수의 사랑》 《내 여자의 열매》 《노랑무늬영원》, 시집 《서랍에 저녁을 넣어 두었다》 등이 있다. 오늘의 젊은 예술가상, 이상문학상, 동리문학상, 만해문학상, 황순원문학상, 인터내셔널 부커상, 말라파르테 문학상, 김유정문학상, 산클레멘테 문학상, 대산문학상, 메디치 외국문학상, 에밀 기메 아시아문학상 등을 수상했으며, 2024년 한국 최초로 노벨 문학상을 수상했다.

────── 봄의 아침을 비추면
       가을의 저녁이 나오는

──────   당신을 나타내기 위해

           나는 본다

여자는 말한다.

말하기 위해서는, 먼저 보아야만 한다고.

그런데 본 것을 다 말할 수는 없다고 한다. 모든 것을 말한다 해도 결코 말해지지 않는 것이 있다고 한다.

그것이 바로 이 사랑이고, 이 삶이고, 이 여름 바다라고.

이것은 뒤라스의 여자가 한 말이다.

그렇다. 나는 그 바다를 본 적이 없다. 언젠가 나는 트루빌로 갔고 그곳의 바다를 보았지만, 내가 본 것은 그 바다는 아니었다.

그러므로 바다는 우리 사이에 영원한 침묵으로 남아 있다.

리스펙토르의 여자는 이미 보았던 자만이 볼 수 있다고 했으며, 차학경의 여자는 한번 본 자는 본 것을 넘어서 본다고 했다. 기억의 시력마저 금지할 수는 없는 일이므로.

그리하여 우리는 사랑을 시작하기도 전에 사랑을 그리워하는가.

사랑이여. 나는 당신을 꿈에서조차 보는가.

나타날 때까지 보는가.

바라봄으로 나타날 때까지.

한강의 여자는 본다.

하나의 질문을 지나치면 또 다른 질문을 마주치는 도시에서.

오래전, 유대인 게토가 있었던 유럽의 도시에서.

전쟁으로 한 번은 완전히 파괴되었다가 되살아난 유령 도시에서.

이 도시의 모든 건물들은 그날 이후 다시 지어진 것이다.

간혹 기둥이나 골조가 남아 있는 건물이 있다. 그곳엔 부서진 그날로부터 벽돌을 쌓아 올린 흔적이 고스란히 남아 있다*.

여자는 이 도시와 마찬가지로, 한 번은 완전히 파괴되었다가 되살아난 사람에 대해 생각한다.

---

* 《흰》에서 여자는 이 도시를 걷던 중에 문득 깨닫는다. 1944년의 나치 공습 이후 이 도시가 재건되었으며, 어떤 오래된 건물에는 그 전후의 흔적이 삶과 죽음을 가르는 경계선처럼 남아 있다는 것을. "그러니까 이 모든 것들이 한번 죽었었다. 이 나무들과 새들, 길들, 거리들, 집들과 전차들, 사람들이 모두"《흰》, 한강, 문학동네, 2018.

이 도시와 같은 운명을 지닌 어떤 사람. 그래서 아직 새것인 사람. 어떤 기둥, 어떤 늙은 석벽들의 아랫부분이 살아남아, 그위에 덧쌓은 선명한 새것과 연결된 이상한 무늬를 가지게 된 사람.

— 《흰》, 한강, 문학동네, 2018.

이 도시와 같은 운명을 지닌 사람.

희미한 수술 자국처럼, 그러나 영원히 지워지지 않는 흉터처럼, 몸속에 삶과 죽음 사이의 경계선이 그어진 사람.

왜냐하면, 자신이 바로 그러한 사람이었으므로.

우리 사이에
칼이 있었다

한강의 여자는 말한다.

자신은 오랜 세월, 이 이야기 속에서 살았다고 한다.

옛날 옛적에…… 스물 셋의 어머니는 아버지가 부재중이던 외딴 사택에서 홀로 아기를 낳았는데, 그 아기는 두 시간 남짓 살아 있다가 세상을 떠났다는 이야기. 자신이 태어나기도 전에 아기를 낳았던 어린 엄마는, 아기가 부디 이 편에 머물러주기를 간청하며, 그를 보듬고 또 보듬었다는 이야기[**].

[**]   《흰》, 한강, 문학동네, 2018.

몇 개의 수수께끼 같은 기억이 전부였지만, 삶이란 본래 무수한 타자들의 기억으로 이루어진 집이었기에, 기억은 자신의 것이 아니었지만, 그 기억의 집을 살아가면서 삶에서 다 말해지지 않은 비밀들을 알 것 같았다고 여자는 말한다.

그리하여 다시 여자는 걷는다.

하나의 질문을 지나치면, 또 다른 질문을 마주치는 도시에서.

오래전, 유대인 게토가 있었던 유럽의 도시에서.

전쟁으로 한 번은 완전히 파괴되었다가 되살아난 유령 도시에서.

죽은 언니를 떠올린다.

머나먼 유럽의 어느 도시에서 자신의 "내부 한가운데"로 도착한 것 같다고 여자는 말한다. 이 도시가 무수한 죽음을 딛고 재건되었던 것처럼, 자신은 언니의 죽음을 딛고 이 세계로 건너왔으므로.

그러니까, 이 도시가 '나'의 외부가 아니듯 언니의 죽음 또한 '나'의 외부가 아니었던 것이다.

이제, 당신이 볼 차례다.

당신이 본다. 이 모든 시간을 본다.

당신은 어렸을 적 당신이 하던 놀이를 기억하리라. 언젠가 종이에 물감을 칠하고, 칠이 마르기 전에 반으로 접었던 일을.

여자는 왜 모래로 쓰는가

종이를 펼쳐보면 양쪽엔 마법처럼 같은 무늬가 찍혀 있었으리라.

데칼코마니의 두 상은 개기일식 때의 지구와 달처럼 완전히 겹쳐진다. 그러나 낱장으로 떼어보면 좌우가 어긋나 있다.

마치 당신이 자신의 모습을 거울*로 들여다볼 때와 마찬가지로.

《흰》은 데칼코마니의 책이고, 그래서인가.

책 속의 여자가 바르샤바의 지금을 걸으며 떠올리는 건 서울 또는 광주의 과거다. 우리 존재를 거울에 비출 때 나타나는 우리 안의 불타는 부재다.

존재와 부재는 시차를 두고 마주 본다. 말년의 보르헤스가 아내 마리아 코다마에게 남겼다는 마지막 말처럼.

우리 사이에 칼이 있었다**.

----

* 《서랍에 저녁을 넣어 두었다》에는 〈거울 저편의 겨울〉이라는 이름의 연작시가 있다. 왜 거울 이편이 아니라 저편인가. 그리고 왜 거울 저편은 겨울인가? 나는 이 질문을 오래 생각했다. 만약 세계가 거울의 이편과 저편으로 나뉜다면, 이편과 저편은 언제나 연루되고 공명할 것이다. 세계의 이편이 삶이고 저편이 죽음이라면, 이편이 실체이고 저편이 그림자라면, 삶은 죽음으로 실체는 그림자로 이루어질 것이다. 겨울이라는 계절은 죽음의, 그림자의, 부재의 상징이다. 겨울 없이 봄은, 이 세계는, 우리는 존재하지 않는다. 한강의 여자는 이편의 삶을 들여다보기 위해서는 저편의 죽음을 들여다보아야만 한다고, 저편의 겨울을 끝내 견디고 있는 자가 있어 우리가 여기 있다고 말한다.

** 《희랍어 시간》은 말과 침묵 사이, 삶과 죽음 사이의 경계를 질문하는 책이다. 책은 말년의 보르헤스 이야기로 시작된다. "우리 사이에 칼이 있었네" 이것은 그가 아내에게 유언으로 남긴 자신의 묘비명이었다. 《희랍어 시간》, 한강, 문학동네, 2011.

삶과 죽음의 경계에 가로놓인 칼이 빛난다.

영원히 어긋난다.

텅 빔을 관통하면

흰 빛이 나오는

여자는 말한다.

"인도유럽어에서 텅 빔(blank)과 흰 빛(blanc), 검음(black) 과 불꽃(flame)이 같은 어원을 갖는다"고[*].

만약 하나의 단어에 그것을 발음한 모든 입술들의 세월 이 담긴다면, 그 속에는 천 길의 물과 천 길의 강과 바다, 천 길의 시간이 흐르고 있으리라.

마치, 우리가 발 딛고 선 이 행성처럼.

텅 빔(blank)과 흰 빛(blanc). 검음(black)과 불꽃(flame).

빛과 어둠이 하나의 어원—bhel 안에서 마주 본다. bhel은 눈 멺(blind)의 어원이기도 하다. 깊은 어둠과 강렬한 빛 모 두 우리를 눈 멀게 하니까. 그러므로 보지 못한다는 것은 시각의 결핍인 동시에 빛이 지나치게 주어졌다는 말이다.

상반된 의미들이 본래 하나였다는 인식에 이르면, 이 세 계의 언어가 분화되기 전 그 모든 단어가 응축된 단 하나의 단어가 있었다는 여자의 말이 믿어지기도 한다[**].

---

[*]   《흰》, 한강, 문학동네, 2018.

당신은 알리라.

옛날 옛적에, 우주의 칠이 다 마르기도 전에, 누군가 그걸 반으로 접었다 펼친 일이 있었다. 그래서 우주의 한편에 세상이 있었고, 그 맞은편엔 세상을 한 단어로 응축한 행성이 있었다.

그때 텅 빔과 흰 빛, 검음과 불꽃, 눈 멂과 빛은 하나의 단어였고, 그것이 곧 세상이었다.

그로부터 천 길의 시간이 흐르고, 천 길의 강물 같은 천 길의 시간이 흐르고, 그들은 본래 하나였다는 것도 잊고 이별했으리라. 먼 옛날 지구상에서 하나였던 땅이 몇 개의 대륙으로 찢기고 나뉘었던 것처럼.

그러나 운명은 그들 안에 새겨져 있어, 텅 빔은 흰 빛에 이끌리고, 검음은 불꽃에, 눈 멂은 빛에 이끌려 살아갔으리라.

이 모든 비밀을 신만은 보았을 것이다.

텅 빔과 흰 빛, 검음과 불꽃은 멀리 떨어진 대륙들이지만, 그들은 운명적으로 이어져 있어, 텅 빔을 관통한 자리에는 흰 빛이, 검음을 관통한 자리엔 불꽃이 있다는 것을.

** 《희랍어 시간》은 《흰》과 마주 보는 책이다. 《희랍어 시간》에는 말에 대한 도저한 사랑으로 말을 잃게 되는 실어증의 여자가 나온다. 처음 여자가 말을 잃는 것은 열일곱의 일이다. 이때 여자는 다름 아닌 하나의 외국어 단어를 입술에 올리면서 말을 되찾게 되는데, 이것은 어떻게 가능한가? 오래된 단어에는 말이 분화되기 전의 힘이 깃들어 있고, 여자는 자기도 모르게 하나의 단어 안에 내재된 힘을 깨달았던 것이다.

그러나 인간의 시간 안에서 우리는 결코 신의 데칼코마니를 볼 수는 없다.

그러나 우리가 보지 못하는 곳에서도 세상은 존재한다.

그러니 어찌해야 할 것인가.

다만, '거울 저편'에 당신을 이루는 누군가 있음을 아는 것.

본 적도 만난 적도 없는 그의 기척을 느낀다는 것. 당신은 이곳이 아닌 저곳에서 왔고, 이 삶의 원인은 이곳이 아닌 저곳에 있으니. 오직 그것을 받아들일 때에만 이해 가능한 삶의 비밀이 있으니.

아직 보이지 않는 것을 당신만은 바라봐주겠는가. 오랜 바라봄 끝에 마침내 흰 빛이 나타날 때까지 당신만은 기다려주겠는가.

저기 거울 저편에서, 당신이 나타나도록 바라보는 내가 그러하듯이.

당신의 이야기가 나의 거울이듯이, 하나의 이야기는 다른 이야기의 거울이므로. 나는 이 이야기에 저 이야기를 비추어본다.

영화 〈베로니카의 이중생활〉은 《흰》의 거울이다. 〈베로니카의 이중생활〉에는 두 명의 베로니카가 나온다. 폴란드의 베로니카, 프랑스의 베로니크. 둘은 도플갱어이며 운명공동체이다. 그들은 운명적으로 연결되어 있으나 서로의 존재를 알지 못한다.

어느 날, 베로니카가 갑작스러운 죽음을 맞는다.

다른 세계를 살아가고 있던 베로니크는 말할 수 없는 깊은 슬픔에 잠긴다.

아무 일도 일어나지 않았는데 이 삶이 고통스러운 것은 왜인가.

베로니크는 아버지에게 묻는다.

어머니가 세상을 떠났을 때도 이런 느낌이었나요.

두 존재는 영화 속에서 단 한 순간 마주 본다. 언젠가 한 사람은 버스를 타고 있었고, 다른 한 사람은 버스가 정차한 광장에서 사진을 찍고 있었다. 둘은 마주 보았다는 사실을 알지 못한 채 마주 보았다.

둘 중 한 사람이 세계 저편의 존재를 깨닫는 때는, 다른 한쪽이 죽고 난 후다.

살아남은 자가 오래전 자신이 찍은 필름을 들여다본 후에.

《흰》에서 폴란드는 한국과 마주 본다. 바르샤바는 광주와 마주 본다. 지금이라는 시간은 역사와, '나'는 내가 태어나기도 전에 죽은 언니와 마주 본다.

한강의 여자는 이 불가능한 데칼코마니를 통해 말한다.

광주학살로 죽은 이들과 그 "죽음을 등지고"* 태어난 우리. 언니의 죽음과 그 죽음을 등지고 태어난 나. 일찍이 우리들의 운명은 투명하고 가느다란 실로 연결되어 있었다고.

언젠가 그 실이 끊어진 순간, 그는 죽고 당신이 이 세상에

---

* 《흰》은 "죽음을 등지고" 나아가는 것에 대한 이야기이고, 〈거울 저편의 겨울〉 연작은 '거울을 등지고' 나아가는 것에 대한 이야기이다. 그리고 앞서 말했듯이, 그 두 가지는 본질적으로 같은 것이다.

태어났다고.

그래서 당신은 사랑을 시작하기도 전에 사랑을 알았고, 꿈에서조차 그 사랑을 보았다고. 그러나 살기 위해, 살아남기 위해, 매일 아침 당신은 깨어나 꿈을 잊은 사람처럼 거울을 등지고 망각 속으로 걸어갔다고. 그러나 당신이 거울로부터 멀어지는 만큼 흐릿해지는 누군가, 거울 저편을 지키며 내내 서 있었노라고.

그래.

거울 저편은 겨울이다.

저편의 겨울을 내내 지키고 있는 자가 있어 당신이 지금 여기 있기에, 춥고 먼 곳에 그는 있어야만 하리라.

당신을 지키려고 그는 저기 있고, 너무 멀리 있어 그는 결코 보이지 않으리라.

그러나 보이지 않는다 해서 없는 것은 아니리라.

아직 오지 않았다는 것.

그것은, 지금 오고 있다는 것.*

그리하여 마침내 그를 보기 위해서는 얼마나 긴 기다림이 필요한가. 그를 비추기 위해서는 얼마나 큰 거울이 필요한가. 그 거울을 담기 위해서 종이는 얼마나 커야 하며, 그 종이를 올려놓을 책상은 또 얼마나 커야 하는가.

그때 여자의 글은 지면(紙面)이 아닌 지면(地面) 위에 쓰이리라.

---

* 『사랑의 잔상들』, 장혜령, 문학동네, 2018.

낙하하며 사라지는 무수한 눈송이들을 온점 삼아.

시차(視差)의 시차(時差)를 견디며.

——————— **거울 저편에서**

나를 쓰는 사람이 있다

이제 말하려 한다.

당신에게만은 말하려 한다.

11월, 어느 겨울의 일을 전생처럼 나는 기억한다는 것을.

그때 나는 삶이 한 치도 앞으로 나아가지 못한다고 느끼고 있었다. 그런데 내 삶을 나아가게 하지 못한다면, 이 삶은 나의 것이 아닌가? 이 삶은, 대체 누구의 것인가. 나는 누군가 답해주기를 기다렸다.

꽃도 잎도 지고, 마른 가지만 남은 겨울 숲이었다.

한낮의 숲은 몹시 어두웠는데, 어두운 숲처럼 이 마음도 몹시 어두웠는데, 한순간 바람이 구름을 데려갔고, 그러자 어디선가 겨울 햇빛이 나타났다.

어른거리는 빛이 숲 그늘에 문을 냈고, 나는 그 앞에 머물렀다. 잠시 이 삶을 빌려 살고 있는 사람처럼.

당신은 알리라.

이 세상 어딘가에는 빛으로 짠 문이 있고, 당신은 그 앞에서 필시 눈물 흘린 일이 있을 테니.

그 문은 어느 겨울 오후에야 잠깐 나타났다 사라지는 다른 세계로의 입구였으니. 언젠가 당신은 고해성사를 하려는 사람처럼 그 입구를 오래 서성인 일이 있으리라.

환하게 불 켜진 일이 있으리라.

그런 일이 있으리라.

이사한 첫 밤, 어둠 속 셋집의 창밖을 바라볼 때, 자신의 존재에 대한 응답처럼 저 편의 누군가 불을 켜는 때.

문득, 한 번도 만난 적 없는 그이를 오래전부터 알고 있었다는 생각이 드는 때.

그리하여 빛으로 짠 문이 사라질 때까지 나는 그 겨울에 서 있었다. 아니, 그 반대였을지도 모른다.

누군가 나를 떠올리며, 그 겨울의 입구 앞에 서 있었을지도.

그건 당신이었던가?

그 겨울 내가 읽은 여자의 문장들은, 어느 겨울 오후에 잠시 나타났다 사라지는 다른 세계로의 입구였고, 우리가 발딛은 이 세계가 거울 저편이며 환(幻)이라 말하고 있었다.

> 지금 나는
> 거울 저편의 정오로 문득 들어와
> 거울 밖 검푸른 자정을 기억하듯
> 그 꿈을 기억한다
> — 〈거울 저편의 겨울 2〉, 《서랍에 저녁을 넣어 두었다》, 한강,
> 문학과지성사, 2013.

그러니까, 내가 거울 밖이 아니라, 안이었다면.

여자는 왜 모래로 쓰는가

내가 거울을 들여다보는 것이 아니라, 누군가 그 거울로 나를 들여다보는 것이었다면.

나를 들여다보는 누군가로 인해, 거울에 비친 것이 지금의 내 삶이었다면.

그렇다면 내가 이 삶을 살고 있는 것이 아니라 누군가 나를 살게 하고 있는 것이리라. 내가 이 글을 쓰는 것이 아니라 누군가 나를 쓰고 있는 것이리라.

나는 나타나면서 사라지고 있는 어느 겨울의 입구였으니. 그 입구에서 당신은 고해성사를 하려는 사람처럼 오래 서성인 일이 있으리라. 언젠가 환하게 불 켜진 일이 있으리라. 오직 당신에게 불을 켜려고, 누군가 이 글을 썼으리라.

오래 전, 그런 일이 있었으리라.

비릿한 풀냄새가 난다
불타버린 누군가의 혼처럼

이 시각
돌이킬 수 없는 것이
이곳을 스쳐지나가고 있다

어디선가
물 흐르는 소리가 들리고

꿈속에서

물위에 나를 적는 사람

흔들리면서

내게 자꾸 편지를 보내는 사람

나는 그가 누구인지 알 것 같다

— 〈번역자〉,《발이 없는 나의 여인은 노래한다》, 장혜령, 문학동네, 2021.

겨울 숲은 멈춘 듯했지만 그 속에는 멈춤이 없었다.

물이 흐르고 있었다. 햇빛이 내리고 있었다. 누군가 끝없이 거울을 들여다보며 이 세계를 나타나게 하고 있었다.

그리하여 이 세계가 지금 도착하고 있었다. 나의 삶은 거울 저편으로부터 이편으로 끝없이 오고 있으며, 무한히 쓰이고 있는 문장이었다.

나는 한 번도 만난 적 없는 이의 쓰는 손을 떠올렸다.

인간은

무엇의 거울인가

그 꿈속의 일을 당신은 기억하는가.

살면서 당신이 보았던 모든 것들이 당신 영혼에 새겨져 있음을 알았던, 그 꿈속의 일을 당신은 기억하는가. 밤의 눈동자 같은 검은 거울이 그 꿈속에 있었으니, 그 거울이 당신을 들여다보았던 밤의 일을 당신은 기억하는가.

당신이 이 모든 것을 잊는다 해도, 나는 기억하리라.

나의 책상 맡에는 작고 검은 돌 하나가 놓여 있고, 이것은 당신 꿈속에서 건너온 검은 거울이었음을.

이것은 나만의 진실이고, 나는 작고 검은 돌 하나를 지금 당신에게로 건네고 있으니.

그러므로 당신은 알리라.

어제에서 오늘로, 오늘에서 내일로 당신이 옮겨지고 있는 것처럼, 돌은 저 세계에서 이 세계로 건너오고 있었고, 나 또한 그러했는데, 삶이란 언제나 다른 존재가 되어가는 과정이었으므로, 우리는 서로의 곁에 그렇게 잠시 머무를 뿐이었다는 걸.

그러니까, 다만 우리는 이 삶을 통과하는 중이었으므로.

나는 어느 겨울 오후에야 잠깐 나타났다 사라지는 다른 세계로의 입구를 서성이듯, 빛으로 짠 그 문을 들여다보듯, 돌의 얼굴을 들여다보았다.

그러자 돌도 나를 들여다보았다.

그때 알았다.

오래전부터 그는 보고, 또 말하고 있었다는 걸.

다만 내가 듣지 못했다는 걸.

한때 냇물 아래 물은 흐르고, 돌의 이마 위로 물고기들은 헤엄쳐 다녔다는 걸. 바람결에 나뭇잎 하나가 떨어질 때, 물

소리는 둥글게 둥글게 울려 퍼졌다는 걸.

그걸 붙잡을 수 없었다는 걸.

검은 돌은 내게 말했다[*]. 한때 자신은 숲에 있었고, 그 숲의 안개는 한 겹 베일처럼 숲을 감싸고 있었다고. 그런데 어느 날 칼을 든 남자들이 그 안개를 몰래 베어갔다고. 비바람 속에서 안개를 빼앗긴 숲이 짐승처럼 우는 것을 들은 적이 있다고.

어떻게 그가 여기까지 걸어왔는지는 모른다.

어떻게 내가 여기까지 걸어왔는지는 모른다.

나는 검은 돌의 뒷모습만을 보았다. 눈물 하나 흘리지 않으면서 엎드려 울고 있는 뒷모습만을 보았다.

침묵의 말로, 검은 돌은 말했다.

당신은 평생토록 자신이 누구인지 알기 위해 거울을 찾아 헤매었으나, 거울은 당신 안에 있었으니.

당신은 자신이 찾던 바로 그 거울이리라.

내가 나의 얼굴에 이 모든 풍경과 세월을 나타낸다면, 당신은 무엇을 나타내는 중인가.

당신은 무엇의 거울인가.

---

[*] 이것은 비자림로의 훼손된 숲에서 있었던 일이다. 돌은 나와 당신에게 말했고, 지금도 말하고 앞으로도 말하고 있으리라. 〈검은 돌은 걷는다〉, 《발이 없는 나의 여인은 노래한다》, 장혜령, 문학동네, 2021.

거울이 하나의
깊은 우물이라면

　당신의 삶은 당신이 알지 못하는 무수한 부재의 사건들로 채워져 있으며, 당신의 현재는 당신이 알지 못하는 무수한 부재의 역사들로 채워져 있다. 당신은 당신의 잠든 얼굴을 볼 수 없겠지만, 그러니 그 아름다움을 영원히 알지 못하겠지만, 당신의 얼굴은 당신이 딛고 온 그 모든 죽음처럼 차갑고, 그 모든 시간의 거울처럼 맑고 깊다.

　　어느 날 운명이 찾아와
　　나에게 말을 붙이고
　　내가 네 운명이란다, 그동안
　　내가 마음에 들었니, 라고 묻는다면
　　나는 조용히 그를 끌어안고
　　오래 있을 거야.
　　눈물을 흘리게 될지, 마음이
　　한없이 고요해져 이제는
　　아무것도 더 필요하지 않다고 느끼게 될지는
　　잘 모르겠어.

　　당신, 가끔 당신을 느낀 적이 있었어,
　　라고 말하게 될까.
　　당신을 느끼지 못할 때에도

당신과 언제나 함께였다는 것을 알겠어,
라고.

아니, 말은 필요하지 않을 거야.
　— 〈서시〉, 《서랍에 저녁을 넣어 두었다》, 한강, 문학과지성사, 2013.

한강의 여자는 우리가 자신의 배면을 대면하는 순간을 말한다. 마침내 자신의 배면을 본다는 것. 그것은 우리가 자신의 잠든 얼굴을 보는 일과 같다.

이를테면, 내가 나의 운명을 마주하는 일.

그런데 나의 운명은 어째서 당신인가.

왜냐하면, 일찍이 내 삶은 단 한 번도 나의 것이 아니었으며, 나의 운명은 단 한 번도 나의 것이 아니었으므로.

왜냐하면, 일찍이 나와 당신은 이어져 있었으나, 우리는 너무 가까이, 혹은 너무 멀리 있어 결코 서로를 볼 수 없었으므로.

내가 당신과 만난다면, 그것은 죽음의 문턱 앞에서야 가능한 사건이리라.

산다는 것은 이처럼 거울에 비친 자신의 운명을 마주 바라보기 위해 걸어가는 일. 그리하여 흐릿했던 운명이라는 타자를 한 순간 가장 또렷하게 마주 보게 되는 일.

운명의 입장에서도 산다는 것은 마찬가지의 일. 어렴풋한 먼 곳에서 다가오는 한 사람이 있어, 그를 마주 보기 위해 기어코 걸어가는 일.

한강의 여자는 《흰》에서 죽은 언니를 당신이라고 말한다. 《소년이 온다》에서 죽은 동호를 너/당신이라고 말한다.

나 대신 살아야 했던 건 당신이라고 말한다. 나 대신 이 세상에 와야 했던 건 당신이었다고.

그러나 죽음이라는 사건을 그리 간단히 되돌이킬 수는 없으며, 쓰기로 당신을 되살릴 수는 없다. 누구도 그리 간단히 그 경계를 넘어설 수는 없는 일이다.

왜냐하면, 삶과 죽음 사이 서슬 퍼런 칼이 놓여 있으므로.

다만 내가 할 수 있는 것은, 거울 저편의 당신을 예감하며 끝내 살아가는 일. 내 삶의 가장 깨끗한 기억을 당신을 향해 건네는 일.

그리하여 어느 날, 당신에게로 이 글이 도달하는 불가능한 일.

당신도 나의 기척을 느끼는가.

이따금 저곳의 당신을 생각하는 이곳의 나를 느끼는가.

여기 거울이 있다면, 나를 비출 때 당신이 나타나는 거울이 있다면, 그 거울은 우물처럼 깊은 것이어야 함을 이제는 알 것 같다. 거울이 우물처럼 깊은 것이라면, 그때 나의 쓰기란 언제고 어둠 저편에서 상(像)이 떠오르도록 우물을 들여다보는 일이리라.

아직은 보이지 않는 당신을 기다리는 일.

그러나, 기다림을 멈추지 않는다면 언젠가 나타날 당신을 끝내 마주 보는 그런 일.

2부

경계의 쓰기, 번역의 쓰기

다와다 요코

소피 칼

올가 토카르추크

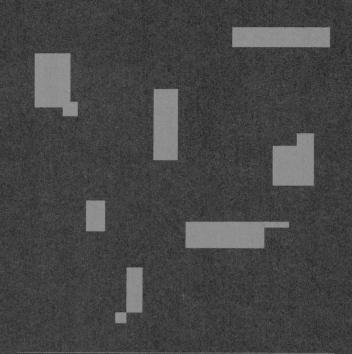

다와다 요코

1960년 일본 도쿄에서 태어났다. 와세다대학교에서 러시아문학을 공부했고, 시베리아 횡단열차를 타고 홀로 독일로 넘어간 경험을 계기로 1982년 독일로 이주했다. 이후 함부르크대학교에서 독어독문학을 공부했고, 일본어로 써놓았던 시를 독일어로 번역해 《네가 있는 곳에만 아무것도 없다》를 출간하며 데뷔했다. 1991년 《발뒤꿈치를 잃고서》로 군조 신인 문학상을 수상하면서 일본에서도 작품 활동을 시작했다. 독일에서 괴테 문학상, 클라이스트상을, 일본에서 아쿠타가와상, 다니자키 준이치로상, 요미우리 문학상 등을 수상했다. 대표작으로 《목욕탕》 《개 신랑 들이기》 《헌등사》 《글자를 옮기는 사람》 등이 있고, 최근작으로 'Hiruko 여행 3부작' 《태양제도》 《지구에 아로새겨진》 《별에 어른거리는》이 있다.

나는 내가 버린
나의 소녀이므로

하얗게 기다려본 자만이
하얀 기린을 본다

나는 구름이 서서히 소멸하는 자신을 비추기 위해 거울을 증류시킨다*고 말한 여자를 알고 있다. 여자는 '출산'이라는 사건을 이렇게 말했다.

언젠가 하나의 구름으로부터 다른 구름이 나타나고, 최초의 구름이 다른 구름에 자신을 비추며 떠가던 것을, 그러다 흔적도 없이 사라지던 것을 나는 비행기에서 본 적이 있다. 그때 나는 뒤늦게 여자를 이해했다.

일찍이 그 여자는 짧은 결혼생활 중에 자신의 죽음을 봤다. 그리하여 시체도 증거도 없는 실종 사건의 현장에서, 들

---

* 〈Morning song〉, 《Ariel》, Sylbia Plath, Editing by Frieda Hughes, Harper Perennial Modern Classics, 2005.

창 너머 갈고리에 걸린 영혼처럼 기차가 비명을 지른다고 썼다.

나는 기린은 하얀 기다림*이라고 말한 여자 또한 알고 있다.

기린은 하얀 기다림이야.

그렇다. 기린은 하얀 기다림이고 기다림은 동물이다. 기린이고, 코끼리이고, 사자이며, 생쥐다. 저기, 찍찍거리는 쥐 한 마리가 간다.

어린 시절 나는 엄마를 기다리는 동안 혼자 단어들과 노는 법을 알았다. 엄마를 기다려본 사람이라면 알 것이다.

하얀 기린 기다림. 기린 하얀 기다림.

하얗게 기다려본 자만이 하얀 기린을 본다.

하얀 기린이 하얗게 기다린다.

나는 아직도 엄마를 기다리고, 엄마를 기다리는 동안 이렇게 논다. 당신도 그렇지 않은가? 엄마를 기다려본 사람이라면 알 것이다.

다와다 요코의 여자는 영원히 단어와 소꿉놀이하는 소녀다.

성숙의 순간, 여자는 자신의 소녀를 잃을 것이므로. 자신

---

* 〈시인의 장소〉, 《지구가 죽으면 달은 누굴 돌지?》, 김혜순, 문학과지성사, 2022.

의 하얀 기린 기다림을 모두 잃을 것이므로.

그러므로 하얀 기린을 지키려는 여자는 영원히 성숙을 거절하리라. 학교를 거절하고, 사회를 거절하고, 국가를 거절하고, 아이들이 모두 떠나간 놀이터에 홀로 남아 모래로 글자를 쓰리라. 바람이 불어 글자가 날아가고 또 날아가도, 날아간 글자 위에 지치지도 않고 또다시 글자를 쓰리라.

소녀의 책은 모래로 지은 허무의 놀이터다.

지금도 그곳에서 글씨 쓰는 외로운 아이들이 보인다. 그 속에 당신도 있었던가?

<hr />

언어가 주인공인
소설에서

〈영혼 없는 작가〉에서 다와다의 여자는 전화와 방을 연결해 전화방이란 단어를 만든다.

그 단어가 전화방이 아니라, 공중전화박스였다면 나는 지나쳤으리라. 그러나 그것이 다름아닌 전화방이므로, 나는 전화방…… 전화방? 중얼거리다 붉은 전화방 앞에 멈춰 선다. 전화방 앞을 지나다가 우연히 먼 행성으로부터 걸려온 전화벨을 듣게 된 바로 그 사람처럼.

전화방이란 단어는 도시의 어둠 속, 불 켜진 방에서 전화를 기다리는 한 여자의 모습을 떠올리게 한다. 빔 벤더스의

〈파리 텍사스〉를 떠올리게 한다. 나는 파리 텍사스를 한국의 청량리에서 본 적이 있다. 파리 텍사스의 그런 방을 한국에서는 유리방이라 부른다. 도시 곳곳에 숨은 유리방들이 있다. 그곳의 규칙은 파리 텍사스와 같다. 여자도 방 안에 있고 남자도 방 안에 있다. 그러나 남자는 여자를 볼 수 있고 여자는 남자를 볼 수 없다.

만약 그들이 방이 아닌 광장에서 전화한다면 어땠을까.

남자는 필시 욕망을 잃었으리라.

문명인 남자의 욕망은 타인을 통제할 수 있는 권력에서, 자신의 비밀을 누설해도 처벌받지 않는 도덕적 방종에서 오는 것이므로. 남자의 욕망은 텔레비전이 길들인 동물이므로. 여자의 방은 감옥처럼 좁고 작고 어두우며 밖에서 걸어 잠글 수 있어야 하리라. 그리하여 레오 카락스의 〈홀리모터스〉나 데이빗 크로넨버그의 〈코스모폴리탄〉에 나오는 장례식의 검은 리무진 같고, 관 같이 위엄 있는 죽음의 방만이 절정의 쾌락을 선사하리라.

다와다 요코의 여자아이는 도쿄의 전화방과 오스트리아의 사제방을 연결한다. 그리고 거기에 작가의 서재방을 연결한다. 이 방은 거대한 나무 안에 있는 것 같다고, 속삭이는 잎사귀처럼 말한다. 어린이의 깃털 같은 가벼움으로. 윤리보다는 감각이 앞서는 어린이의 대범함으로.

언젠가 장 뤽 고다르의 〈아워뮤직〉에서 이러한 이미지들의 연결을 무척 불편하게 바라본 기억이 난다. 고다르는 무

여자는 왜 모래로 쓰는가

슨 짓을 했던가? 그는 아우슈비츠 수용소의 벌거벗은 사람들과 포르노의 나체를 연결했다.*

두 이미지가 멀리 있으면 이미지 사이에 아무 일도 일어나지 않는다. 그러나 가까이 있으면 이미지는 서로 대화한다. 고다르는 이미지의 연결이야말로 이 시대 가장 첨예한 문제임을 보여주기 위해 한 이미지 곁에 비슷한 다른 이미지를 놓았다. 이것이 하나의 지적인 게임임을 알면서도, 나는 왜 한 이미지가 다른 이미지 옆에 놓인 것만으로 역겨움을 느끼는가?

비슷한 이유로 이따금 나는 다와다의 소녀에게 불편함을 느낀다. 왜냐하면 도시 빈민으로 살았던 나의 정치 사회적 계급의식이 종종 나의 소녀를 집어삼키기 때문이다. 다와다의 소녀는 내가 버린 나의 소녀이고, 나는 하얀 기린 기다림을 가지고 노는 나의 소녀를 스스로 배반하는 자이기 때문이다.

나는 문학 언어를 통해 계급을 횡단**했음에도, 종종 나의 영혼이 후미진 시장 골목으로 가는 일을 막을 수가 없다. 이따금 나는 고작 내 영혼의 행방을 알아내느라 하루를 종일 소모하기도 한다. 그럴 때 나는 마치 '영혼 없는 사람'처럼 보인다.

나 역시 소녀의 모래 놀이터에서, 전화방과 사제방에 감

* 《영화가 보낸 그림 엽서》, 세르쥬 다네, 정락길 역, 이모션북스, 2013.
** 《계급횡단자들 혹은 비─재생산》, 샹탈 자케, 류희철 역, 그린비, 2024.

히 한국의 유리방을 연결해볼 수도 있을 것이다. 방이란 수 치를 느끼는 문명인의 개념이고, 그는 오직 좁은 방에 들어설 때에야 자신의 비밀을 고해한다는 점에서.

다와다의 여자아이는 나에게 더욱 은밀하게 속삭인다(그 아이는 필시 어린 내가 부러워했던 큰 대문과 마당이 있는 양옥집에 살던 여자아이이리라).

그럼, 방의 입장에서는?

사람이 없을 때, 방도 다른 방에게 비밀을 털어놓고 싶지 않을까?

어린 시절 나는 종이컵과 종이컵을 실로 연결해 만든 장난감전화로 친구에게 비밀을 속삭이곤 했다. 다와다의 소설에선 전화방이 사제방에게 그렇게 한다. 그리하여 나는 이 소설의 주인공이 사람이 아님을 알게 된다.

여자는
투명한 관이다

다와다의 여자에게 단어는 동물이다.

전화방은 한 마리의 작은 지빠귀다. 그 새는 사제방으로, 교도소방으로, 서재방으로, 세포방으로, 더 낯선 단어-동물들을 향해 날아간다. 보통 소설에선 독자인 내가 문자언어보다 빠른데(나는 비행기에 탄 승객처럼 서사를 스쳐간다), 다와다의 글에선 반대다. 언어가 독자보다 빠르다. 언어의 날개가 남기고 간 잔상을 나는 한참 들여다본다.

이렇게 독자를 자주 멈춰 세우는 소설을 거의 본 적이 없다. 그렇다면 이건 소설이 아닐지도 모른다.

이것은 시인가?

시라고 하기엔 서사적이고, 에세이라고 하기엔 지나치게 이미지적인 이것은.

만약 소설을 '주인공이 어딘가를 향해 한 발이라도 앞으로 나아가는 이야기'라 정의한다면 이 글은 소설이리라. 다만 소설의 주인공이 인간이 아닐 뿐.

이 책에서 주인공은 영혼이거나 귀신이고 곰이거나 토끼고 고양이다. 이 모든 것을 지시하는 언어 그 자체다. 여자의 책에서 언어는 자신의 경계를 넘으면서 동물로 변신하고, 동물이 된 언어는 인간의 몸과 꿈을 지배한다.

《목욕탕》의 여자는 통역사다. 여자는 일본 회사와 독일 회사 사람들 사이에서 말을 중개한다. 여자는 말이 통과하는 관이다. 사람들은 여자가 보이지 않는 도시의 배수관인 것처럼 말한다.

호텔의 회의 테이블 위로 거대한 물고기가 부상병처럼 호송되고, 물고기는 사람 수만큼 칼로 잘려 접시에 담긴다. 사람들은 먹고 떠들고 말을 내뱉는다. 씨앗처럼 말을 내뱉는다. (그런데 말은 무엇의 씨앗이었던가?) 여자의 몸에서 혀 없는 넙치와 씨앗 같은 말들이 뒤섞인다.

여자는 투명한 관*이다.

여자는 투명한 배수관이므로, 보이지 않는 곳에서 말을 씹고 삼켜 토해야 하리라. 그것이 여자의 역할이므로.

그러나 여자는 자신의 역할과 자신이 불일치한다고 느낀다.

벽에 붙은 자신의 사진과 거울 속 자신의 얼굴을 번갈아 보며, 사진에 얼굴을 맞춰간다고 느낀다.

나의 이름을 가진 여자, 저 여자는 누구인가?

삶이란 그저 나의 이름이 되기 위한 하나의 투쟁**임을 여자가 알 때, 여자의 언어는 변신하리라. 삶이란 그저 너의 이름이 되기 위한 너의 투쟁임을 네가 알 때, 너의 언어는 변신하리라.

여자는 말을 더듬거리기 시작한다. 여자가 말을 더듬는 것이 아니라, 말이 여자를 더듬는 것이다. 그러나 그 일을 말로써는 설명할 수 없으리라. 간신히 화장실로 도망친 여자는, 자신이 삼킨 혀 없는 물고기처럼 혀 없는 존재가 되어 눈을 뜬다.

《목욕탕》은 1982년 독일로 옮겨간 다와다 요코가 일본어로 쓴 첫 소설이다. 이 소설은 일본어로 쓰인 그녀의 첫 시집 《네가 있는 곳에만 아무것도 없다》를 번역했던 페터

---

* "나는 투명한 관이다." 이것은 《목욕탕》의 마지막 문장이다. 《목욕탕》, 다와다 요코, 최윤영 역, 을유문화사, 2011.

** 《G.H.에 따른 수난》, 클라리시 리스펙토르, 배수아 역, 봄날의책, 2020.

여자는 왜 모래로 쓰는가

퀴르트너가 독일어로 옮겼다. 《목욕탕》의 일본어 제목은 '비늘인간'이었다는데, 흥미롭게도 원본인 《비늘인간》은 어디에서도 출판되지 않았다.*** 사람이 말할 때 몸 안에서 '원본 없는 번역이 일어난다'는 여자의 말을 증명하듯 원본 없는 번역으로만 소설이 존재하는 셈이다.

언젠가 서경식과 다와다 요코가 교환한 편지****를 읽은 기억이 난다. 편지에서, 서경식은 학생들과 1945년 원폭 직후의 히로시마를 기록한 하라 다미키*****의 소설을 읽고 히로시마로 갔다. 히로시마에서, 그는 히로시마를 찾을 수 없다고 썼다. 히로시마에서, 그는 히로시마를 볼 수 없다고 썼다. 히로시마가 히로시마가 된 시간 속에서, 과연 도시는 무엇을 얻고 잃었던 것일까?

죽은 소설가의 조카가 방문자들을 안내했다고 했다. 안내인의 손에는 작가의 육필 원고가 있었다. 찢기고 부서진 종이 위에 다급하게 휘갈겨진 세슘의 글자들. 우라늄의 글자들. 그 글자에는, 반세기 전 이곳을 살았던 사람의 손의 잔상이 깃들어 있었다.

안내인은 어떻게든 자신이 본 것을 방문자들에게 전하려

*** 《목욕탕》의 번역자 최윤영은 책의 후기에 이와 같이 쓴다.
**** 《경계에서 춤추다》, 서경식·다와다 요코, 서은혜 역, 창비, 2010.
***** 히로시마 출생의 일본 소설가. 1945년 8월 원폭 당시 히로시마에 있었으며, 그 참상을 소설로 써냈다. 한국전쟁이 일어난 뒤 자살로 생을 마쳤다.

했다. 이곳은 부서진 집터가 있던 곳, 이곳은 죽은 사람을 발견한 곳……. 사람들에게 보이지 않는 것이 안내인에게만은 보이는 듯했다.

바다 아래 보이지 않는 깊이로 안내인의 히로시마가 있었고, 그 위로 표면의 히로시마가 있었다. 그들은 결코 서로를 만날 수 없었다.

방문자들이 바라보는 현재의 히로시마에, 과거의 히로시마는 동판의 뒷면처럼 존재했으므로.

과거와 현재는 서로의 배면이며 서로의 샴쌍둥이었으므로.

서경식은 히로시마에서 히로시마를 읽어내는 일이, 현실에서 초현실의 언어를 읽어내야만 하는 경험이었다고 쓴다.

나는 그것을 번역 경험으로 읽는다.

리얼리티는 사실의 나열로 표현되지 않기 때문이다. 내면의 리얼리티를 바라보기 위해서는, 사실을 넘어서는 것을 보는 눈이 필요하기 때문이다. 사실을 진실로 옮기기 위해서는, 사실과 진실 사이의 시차를 견딜 수 있는 다른 언어가 필요하다. 그 점에서 여자의 텍스트를 읽는 일은 이중의 의미로 번역적인 경험이다. 외국어에서 옮겨진 한국어를 읽어야 한다는 점에서. 한편, 현실에서 초현실을 읽어야 한다는 점에서.

그러니, 만 명의 인간에게는 만 개의 다른 현실이 있으리라.

現實|현실은 나타난 열매이고 玄室|현실은 검은 방이니, 무덤의 검은 방일지니. 유리방, 전화방, 사제방, 서재방, 교도소방, 세포방과 같은 검은 무덤방일지니.

인간이란, 현실이라는 무덤방을 자기 몸으로 번역하고 있는 존재이리라.

저기, 자신의 검은 방을 짊어지고 걸어가는 사람들이 보이는가?

그 속에 당신, 당신도 있었던가?

언어가
기차를 갈아탈 때

다와다 요코의 여자는 이렇게 말한다.

열아홉에 시베리아 횡단 열차를 타고 홀로 독일로 갔다.

그때 이미 글은 시작되었으리라.

차창 밖으로 외국어 같은 풍경이 스쳐갈 때, 여자의 꿈속에서는 풍경의 번역이 일어나고 또 일어났으리라.

〈유럽이 시작되는 곳〉에는 이런 이야기가 나온다. 이야기 속에서 여행자는 배를 타고 동시베리아의 작은 도시 나코트카에 닿았다. 그곳에서 모스크바까지는 기차로 만 킬로미터를 더 가야 했다. 여행자는 시베리아 횡단 열차를 타

고 시베리아 대륙을 건너 모스크바로 가는 동안 모스크바
를 생각했다.

그런데 모스크바는 어디에서 시작하고 끝나는가?

모스크바는 꿈의 도시였다. 너무 두꺼워 끝까지 읽을 수
없는 소설의 도시. 아버지와 어머니가 동경하던 연극의 도
시. 여행자는 졸다가 깨다가 하면서 차창 밖 백양나무 숲을
본다. 생선요리를 먹는다. 책을 읽고 잠이 든다. 꿈속에서도
백양나무 숲을 지난다. 백양나무 숲이 여자를 들여다본다.
(모스크바는 과연 누구의 꿈이었을까?)

출발지에서 도착지에 닿기 위해 통과해야 하는 지대를
경계라 한다면, 나코트카와 모스크바 사이의 경계는 시베
리아였다. 그런데 이 경계는 얇은 선이 아니라 광활한 면이
었다. 시작도 끝도 알 수 없는.

경계가 한없이 펼쳐질 때, 길 잃은 영혼처럼 경계가 한
없이 펼쳐질 때, 경계를 넘는 일은 모험이 된다. 그리고
모험은 여행자를 변신시킨다. 여행자는 기차 안에서 다
른 땅의 물을 마시고 꿈을 꾸며 어제의 나로부터 멀어져
간다.

〈유럽이 시작되는 곳〉은 번역 경험에 대한 하나의 은유
다. 여행자가 한 도시에서 출발해 다른 도시에 이르듯 번
역자는 출발어에서 도착어를 향해 간다. 여행자가 모스크
바의 모습을 상상하며 모스크바로 가듯 번역자는 말의 모
습을 상상하며 말을 향해 간다.

여행자가 모스크바로 가는 길에 본 것들이 모스크바는

아니리라. 하지만 그것들이 여행자의 몸속에서 여행자의 모스크바를 이룬다.

모스크바 아닌 것들이 모스크바를 이루는 일.

모스크바 아닌 것들이 모스크바가 되는 일.

여행자의 모스크바가 바뀌고, 그로 인해 여행자 자신이 바뀌는 번역의 일.

여자는 《글자를 옮기는 사람》에 번역의 두려움에 대해 쓰기도 했다. 이따금 자신이 말보다 먼저 변신할까 봐 두려울 때가 있다고.

다와다 요코의 여자는 외국어의 한 문장, 낯선 언어에 대한 번역적 탐구가 글쓰기의 질료가 된다고 말한다. 여자는 연극대본을 쓰거나 퍼포먼스를 하기도 하는데, 문자언어를 몸으로 옮기는 일도 여자에게는 번역 행위다. 여자는 이러한 번역 경험이 기차를 갈아타는 일이라고 말한다. 여자에게 환승은 쓰기와 번역 경험의 본질적 특성이다.

《용의자의 야간열차》에서 여자는 도나우에싱엔에서 자신의 산문시로 만들어진 음악 공연을 보고, 그라츠에서 자신의 희곡으로 만들어진 연극을 보려고 한다. 그런데 도나우에싱엔의 공연이 늦게 끝나면서 그라츠로 가는 직행열차를 놓치고 기차를 계속 갈아타야만 하는 상황에 놓인다.

기차를 갈아타는 일.

그렇다. 그것이 이야기의 전부다.

책은 기차를 갈아타는 여행자의 이야기이고, 말을 옮기기 위해서는 몸을 바꾸어야만 한다. 내면을 언어로 바꾸려면, 하나의 삶을 다른 삶으로 바꾸려면 무엇이 필요한가?

기차를 갈아타야만 한다.

모든 소리에는
몸이 있으므로

텐트 연극. 내가 그 이야기를 들은 것은 오래전의 일이다. 장소를 옮겨 다니며 천막을 치고 연극 하는 사람들이 도쿄에 있다고 했다. 이전까지 나는 한 번도 연극에 대해 진지한 관심을 가져본 적이 없었다. 연극이란 눈앞에서 생생히 사라져가는 일이므로. 오직 그것을 목격한 사람들의 기억 속에서만 살아가는 예술의 형식이므로.

연극은 삶과 닮았을 것이다. 그래서 연극을 보러가지 않았다. 나는 삶보다는 삶이 아닌 쪽을 선호했으므로. 그것이 나의 본질적인 문제였으나, 나는 나의 문제를 고칠 생각이 없었으므로. 연극을 보러 가지 않았다. 삶을 살면서도 살지 않는 사람처럼.

그러나 삶은 이미 오래전에 시작되고 있었다. 다만 내가 그것을 알아채지 못했을 뿐이다. 나는 언제나 지금이 삶의 절정이라는 것을 너무 늦게 알아차렸다. 내 삶은 지

여자는 왜 모래로 쓰는가

금이 아니어야 했고, 지금보다는 나은 것이어야 했다. 그래서 나는 단 한 번도 삶을 살아본 적이 없었다. 비로소 삶으로 건너가고 싶다는 생각이 들었을 때, 텐트 연극이 한국으로 온다는 소식을 들었다[*].

연극 연출가 사쿠라이 다이조는 동아시아 각지에서 아마추어를 위한 워크숍을 종종 열었고 그것을 텐트 연극 워크숍이라 불렀다. 그는 워크숍을 통해 낯선 땅에서 낯선 사람들과 극단을 만들어간다고 했다.

워크숍은 워크숍을 격파한다는 말이었다. 워크숍을 부수는 워크숍. 워크숍을 찢는 워크숍. 나는 그 낯선 언어를 벌써부터 교정하고 싶었다. 그것이 나의 편집자적 의식이었고, 삶보다 높은 수위에서 삶을 내려다보려는 태도였으므로, 삶으로 건너가기 위해 먼저 나는 나의 편집자를 버려야 했다.

워크숍은 제주 강정에서 열렸다. 강정에는 군사기지가 있었고, 기지가 지어진 뒤에도 기지 반대 운동을 하는 활동가들이 있었다. 새벽마다 백배를 하고, 기지 앞에 모여 춤을 추고, 낡은 깃발을 들고 해군 기지 몰아내라는 노래를 부르며 행진하던 열 명의 여자들. 그 여자들은 활동가라고 불렸다.

지금도 나는 삶을 향해 생생히 걸어가던 그 징그러운 여자들을, 활동가라는 단어 속으로 몰아넣을 수 없음을 느낀

---

[*] 이 소식을 내게 전해준 이는 소설가 박솔뫼이다. 우리는 오랜 세월이 흘러도 결코 완전히 이해할 수 없는 외국인 친구처럼 서로를 알아왔다.

다. 단어는 바로 에밀리 브론테가 말했던 우리(cage)*다. 우리를 뚫고 뛰쳐나오는 여자 짐승들이 그곳에 있었고, 아직도 있다.

아무것도 알지 못하는 채로 그곳에 갔다. 그곳에 있는 동안에도 나는 그곳을 알지 못했고, 우리가 누구이며 무엇을 하는지 알지 못했고, 늦은 사랑의 깨달음**처럼 세월이 흐른 후에야 차츰 그 모든 것을 알게 되었는데, 이제는 강정에서 누구도 보지 않는 연극을 연습하던 우리 모두가 흩어진 뒤이므로, 나는 그것을 어떻게 증명해야 할지 잘 모르겠다.

다만 맹세코 나는 보았다고 말할 수 있을 뿐이다.

그곳에서 나는 검은 구럼비 바위에 서서 자기 안의 울부짖는 사람을 꺼내던 일본인 여자를 보았다. 그 사람은 몇 세기 전의 사람이라고 했다. 그곳에서 나는 가방에 검은 돌을 지고 나르던 대만인 여자를 보았다. 검은 돌은 제주도였고 여자는 땅과의 만남을 이렇게 표현한 것이었다. 제주는 돌의 섬이었지만 나는 진정으로 돌을 본 적이 없었다. 나는 살면서 돌을 본 적이 없듯이, 살면서 무엇도 본 적이 없었음을 알았다. 살면서 무엇도 본 적이 없으므로 살아본 적이 없었음을 알았다.

---

* 〈유리 에세이〉,《유리, 아이러니 그리고 신》, 앤 카슨, 황유원 역, 문학동네, 2021.
** 〈초록을 말하다〉,《기억의 행성》, 조용미, 문학과지성사, 2011.

그곳에서 나는 높은 곳에서 떨어져 죽는 친구를 반복하던 중국인 남자를 보았다. 중국 공안에 저항운동을 하다가 자살한 그의 친구는 한둘이 아니었고, 친구의 죽음을 거듭한 끝에 그는 화장실에서 자해했다. 나는 화장실 벽에 이마를 쿵쿵 찧는 남자의 소리를 들었다. 이것이 '자주연습'이라 불리던 우리의 신체표현 시간이었다.

그곳에서 우리는 노래 연습을 했는데, 나는 노래를 온힘으로 부를 때 노래에 깃든 시간이 우리를 다른 곳으로 데려가는 것을 보았다. 또, 우리 안에 타자가 거주하는 것을 보았다. 그때 나는 내 안에서 울던 사람 때문에 울었는데, 그것이 한 사람이었는지 혹은 여러 사람이었는지는 지금까지도 알지 못한다.

알지 못했기 때문에 그곳으로 갔다. 마치 삶을 건너려는 사람처럼.

그곳에서 나는 문자언어를 몸짓으로 옮기는, 하나의 삶을 다른 삶으로 옮기는 번역 연습을 했다.

최초에 나는 무엇도 하고 싶지 않았다. 그것이 나의 고질적인 문제였다.

삶을 건너고 싶으나 건너고 싶지 않다는 것.

그래서 글을 읽었다. 노트북을 열고, 사람들 앞에 앉아 파일로만 있던 나의 글《진주》의 초고를 읽었다. 그것이 나의 최초의 신체표현이었다.

웅크려 앉아 글을 읽는 것.

그것이 비등단 작가이자 쓰는 사람으로서 나의 한국적 자의식이었다고 생각한다. 나는 내가 아무것도 아니어서 아무것도 하고 싶지 않다고 생각한 순간에도, 모르는 사람들 앞에 그저 서 있을 수만은 없어서, 그 순간에조차 나를 증명하려 했던 것이다. 나의 증명사진에 내 얼굴을 맞추려는 사람처럼.

나는 글이라는 최후의 방어막을 내 존재 앞에 그물처럼 펼쳐놓고 있었다. 문자 뒤에 숨어서 나라는 존재를 누구도 읽어내지 못하길 바라는 사람처럼. 그럼에도 문자의 경계를 넘어, 누군가 나의 존재를 꺼내주길 바라는 사람처럼. 그러나 자신의 바람을 결코 알지 못하는 사람처럼. 그리하여 나는 그 무수한 외국인들 앞에서 누구도 결코 이해할 수 없는 한국어 원고만을 읽었던 것이다.

그들은 아무것도 이해하지 못했으므로 나를 소리라고 생각했다.

그러므로 나는 소리였다. 수년이 흐른 후 우리는 연극 대본을 쓰기도 했는데 나의 이름은 소리였다. 나는 소리였고, 세상에 거의 존재하지 않는 것이나 마찬가지인 소리였으며, 누군가에게 내 소리가 잘 가닿지 않는다는 점이 무척 불만인 소리였는데, 누군가 듣지 못하는 때에도 나는 소리로 있었다. 소리가 크든 작든 소리는 있었다. 모든 소리에는 몸이 있었다. 몸이 없는 것에는 소리가 없으므로.

나는 소리의 몸을 끌고, 어딘가로 향하고 있었다.

기억하는가,
건너가는 것이
우리의 삶이라는 것을

　한 번은 강정이 아닌 곳에서 워크숍이 열렸다.

　사람들이 도청 앞을 일시 점거해 만든 그 장소를 천막촌*
이라고 했다. 우리는 그곳으로 갔다. M이 우리가 그곳에 가
야 한다고 말했기 때문이다. 그런데, 왜 가야 하는가? 알지
못하기 때문에 우리는 갔다. 그것이 우리가 삶이라 간단히
이름할 수 없는 삶의 다른 모습이리라.

　우리는 알지 못하기에 간다.

　알지 못하기에 만나고 사랑하고 또 흩어진다.

　천막촌에서 우리는 우리의 천막을 세울 것이었다. 그곳
에서 연극의 장소를 발명할 것이었다. M뿐만 아니라 다른
강정 여자들이 천막촌에 와 있었다. 그들은 왜 강정을 두고
이곳으로 왔는가? 그곳이 강정이었기 때문이다.

　그리하여 누군가 이렇게 말했다.

　강정은 4.3이다.

　그들에게 천막촌은 강정의 번역어였다. 한번 번역을 체
험한 자는, 세상 모든 존재에 번역 이전이 있음을 알게 된

---

　*　제주 동쪽 성산에 제2공항을 개발하려는 시도가 있었다. 이에 저항하
　　는 이들은 2019년 1월 도청 앞에 천막을 세웠다. 천막에 모여든 이들
　　가운데는 놀랍게도 세월호 사건으로 자녀를 잃은 여자도 있었고, 강정
　　해군 기지 반대 투쟁을 하던 여자도 있었는데, 이것은 어째서인가?

경계의 쓰기, 번역의 쓰기 ― 다와다 요코　　　　　　**119**

다. 그러므로 강정의 출발어가 있었음을 알게 된다. 4.3은 거기 있었으리라.

그리하여 출발 이전에 무한한 출발이 있었듯, 도착 이후에도 무한한 도착이 있으리라.

훗날 천막촌에서 여자들은 흩어져 시시각각 또 다른 장소로 도착하리라. 굴삭기가 땅을 파헤치고 전기톱이 숲을 살해하는 곳으로. 자동차가 사슴을 치어 죽이는 곳으로. 군인들이 성스러운 신목의 샘을 더럽히는 곳으로. 탱크가 지나는 군용 도로를 만드는 곳으로. 그곳에서 여자들은 백배천배 절을 하고 또 절을 하리라. 높은 나무에 올라가 나무를 자르지 말라 외치고, 굴삭기를 막고 톱을 끌어안고 짐승을 죽이지 말라고 울부짖으리라.

그곳이 어디든, 그곳이 그들의 강정이라는 것을 나는 보았다.

어느 날, M의 이야기가 나에게로 왔다*.

M은 텐트를 치고 한밤의 숲을 지킨 적이 있었다. 폭풍우가 거센 밤이었다.

이기고 싶다. M은 말했었다.

이기고 싶다.

그 말에는 주어도 목적어도 없었다. M은 텐트에 엎드려

---

* 아니 에르노는 《단순한 열정》에 대해 이렇게 말한다. *그 이야기가 나에게로 왔다.* M의 다른 이름은 엄문희이고, 어느 날 그 이야기가 나에게로 왔다.

글을 썼다.

바람이 분다.
나는 지금, 한밤 외진 숲에서 잠을 청하고 있다.
작은 텐트 밖은 빛이 닿지 않는 물속 같다.
도청 앞 천막촌에서 밥을 끊고 살던 때,
노란 천막 지붕에 고인 물로 새들이 다녀가곤 했다.
누워서 새의 발바닥 날개 그림자를 올려보던,
나는 샘물 아랫집 사람이었는데.
지금은 그 물속에 들어 있는지도 모르겠다.
그래선가. 키 큰 삼나무 아래 납작하게 누운 인간은
이 깊은 어둠이 왠일인지 무섭지 않다.

M은 공항 건설을 반대하며 단식한 적이 있었다. 그때도 천막 아래 홀로였다. M은 천막 지붕에 고인 물을 보았다고 했다. 그곳으로 새가 날아들었다. 지금 자신이 바로 그 새 아래 있는 것 같다고 했다.

그 밤, 나는 스마트폰으로 전송된 언어의 뒷면에서 바람이 웅웅거리는 소리를 들었다. 그해 봄이 다 지나도록 바람 소리가 내 곁에 머물렀다. 그러므로 M을 찾아간 바람이 나에게로까지 왔다 해야 할 것이다. 바람이 나에게로까지 와서, 나를 흔들고 갔다 해야 할 것이다. 그리하여 훗날 M과 멀어지더라도, M은 내게 결코 잊을 수 없는 바람이 되었다 해야 할 것이다.

우리는 알지 못하면서도 만나고, 또 만나기 위해 흩어지는 것이리라고.

그것이 삶이리라고.

어느 날, 나는 M의 이야기를 나의 몸으로 번역해보기로 했다. 텐트 연극의 사람들 속에서였다. 나는 실내의 불을 *끄고* 어둠을 만들었다. 현수막을 뒤집어쓰고 작은 천막이 되었다. 그 안에서 초를 켰다. (아마 나는 어른거리는 혼이었으리라. 그러나 내가 무엇의 혼이었는지 지금까지도 나는 알지 못한다.)

M의 글을 나는 읽었다.

그곳에 M이 있었다. 소리 없이 숨죽여 울고 있었다.

눈물 하나 흘리지 않는데도 우는 것일 수 있구나. 엎드려 울고 있는 뒷모습이구나. [*]

나는 응답하고 싶었다. M 자신도 몰랐을 그의 존재를 그에게로 되돌리는 방식으로 나는 응답하고 싶었다. 그 어느 오후, 천막에 다녀갔다는 작은 새를 이곳으로 불러내고 싶었다. 그래서 휘파람을 불었다. 새를 꺼내려 한 것이다.

아직 오지 않았다는 것은 지금 오고 있는 것[**]이므로. 먼 곳으로부터 새는 오기 시작했다.

---

[*] 〈검은 돌은 걷는다〉,《발이 없는 나의 여인은 노래한다》, 장혜령, 문학동네, 2021.

여자는 왜 모래로 쓰는가

나의 휘파람으로부터 이곳을 향해 오고 있는 새를 모두가 마침내 보게 되었을 때, 그 새가 나뭇가지 위에 앉았을 때, 나는 M에게 새를 건네주었다.

M, 너는 그것을 기억하는가.
너의 작고 눈부신 새를 기억하는가.
한때 내가 너에게로 건너갔던 일을. 어딘가에서 어딘가로 끝없이 건너가고 또 건너가는 일이 우리의 삶이라는 것을 너는 기억하는가.

바깥의 언어를 구함으로
자신의 바깥을 구하라

다와다 요코의 여자는 언어의 안으로 들어가기 위해서는 언어의 바깥으로 나가야 한다고 말한다. 바깥으로 나가려면 나는 이미 안에 있을 텐데, 나는 어떻게 안에 있으면서 바깥을 발명할 수 있을까.

언어의 바깥으로 나가기 위해 다와다 요코의 여자는 일본어의 바깥으로 갔다. 독일어로 갔다. 그러나 한곳에 계속

** 《금강경》에서는 그것을 미래(未來)라고 부른다. 미래는 아직 오지 않았기에 지금 오고 있고, 지금 오고 있기에 이미 도처에 있는 것이다. 그렇다면, 미래는 사랑과도 같으리라. 《금강경 강의》, 남회근, 신원봉 역, 부키, 2008.

머무르면 그곳은 안이 되어버리므로, 안이 되어버리는 것에는 더는 사랑이 없으므로, 여자는 바깥으로 향하는 문을 열기 위해 끝없이 길을 떠났다. 끝없이 긴 소설을 읽는 사람이 매일 페이지를 열어젖혀 다음 페이지로 떠나는 것처럼. 그러면서도 그는 한 번도 책을 떠나지 않는 것처럼.

여자는 일본어의 바깥을 열려고 독일어로 갔고, 독일어의 바깥을 열려고 다시 연극으로, 음악극으로 갔다. 그러다 동물에게로 갔다. 2011년, 후쿠시마에서의 일이다*.

그때 후쿠시마는 세계의 가장 바깥이었고, 삶의 가장 바깥이었고, 인간의 가장 바깥이었고, 언어의 가장 바깥이었으므로.

여자는 가야 했으리라. 인터넷 세상의 바깥을 열기 위해 그곳에 가야 했으리라. 후쿠시마에서, 피폭으로부터 아이를 지키려고 피난 가는 가족에게, 자기만 살려고 도망치는 건 비겁하다고 댓글을 다는** 어느 인간 종족으로부터 인간의 바깥을 열어보기 위해 한 번은 그곳에 가야 했으리라.

사랑의 바깥이 사랑 없음이 아니듯 세계의 바깥에 세계는 있었으리라. 삶은 있었으리라. 인간은 있었으리라. 언어

---

* 3.11 이후, 다와다 요코는 후쿠시마의 버려진 동물들에 관한 이야기들을 썼다. 그 이야기들의 모음이 《헌등사》이다.

** 《헌등사》의 번역자 남상욱은 다와다 요코의 집필 동기가 후쿠시마 원전 폭발에 대한 인터넷 기사의 '댓글'에서 비롯했음을 후기에 썼다. 《헌등사》, 다와다 요코, 남상욱 역, 자음과모음, 2018.

도 있었으리라. 버려진 동물들이 울고 있었으리라. 버려진 말과 소, 개와 고양이, 길가의 구유 속에 버려진 언어가 울고 있었으리라.

여자는 구해야 한다. 누구도 돌보지 않는 바깥의 언어를 구함으로써 여자는 자신의 바깥을 구해야만 한다. 그러나 바깥으로 손 내미는 자는 이미 안이고, 나는 무덤 속에서 이 말을 하고 있다.[***] 그렇다. 이것이 이야기의 전부다.

[***] 클라리시 리스펙토르는 1977년 2월, 생의 마지막 TV 인터뷰에서 말한다. "나는 지금 무덤 속에서 이 말을 하고 있다." 이 삶이 이미 무덤 속이라면, 우리는 죽음의 바깥으로 나가야만 한다.

소피 칼

1953년 파리 출생으로, 프랑스의 대표적인 설치미술가 겸 사진작가
이며, 작가 및 감독으로도 활동하고 있다. 2004년 프랑스 퐁피두 현대
미술관에서 회고전을 열었고, 2007년 베니스 비엔날레에서 프랑스관
대표 작가로 선정되었다. 《잠자는 사람들》《베니스에서의 추적》《그
림자》《호텔》《주소록》《잘 지내요》 등 진행했던 예술 프로젝트를 대
부분 책으로 출간했으며, 국내에 소개된 책으로 《진실된 이야기》《뉴
욕 이야기》《시린 아픔》이 있다.

도플갱어,
두 개의 삶

두 개의
내가 있다

Double-jeux.

이중 게임, 혹은 두 개의 나.

'게임' 혹은 '장난'을 뜻하는 프랑스어 jeux[ʒø]는 '나'를 뜻하는 je[ʒ(ə)]와 음가가 같다. 그리하여 Double-jeux는 이중의 게임인 동시에 두 개의 나라는 뜻이다.

이제부터 이 책을 편의상 《더블 게임*》이라 부르겠다. 《더블 게임》이 품은 두 개의 뜻은 두 겹의 삶에 대한 작가

---

* 《Double-jeux》는 1999년 프랑스에서 처음 출판되었다. 본래는 총 7권이 한 세트인데 영어 판본 《Double game》은 합본된 한 권이다. Double-jeux이 Double game으로 옮겨지면서 '두 개의 나'라는 의미가 숨고 '이중의 게임'만 남게 되었다. 이제부터 나는 《Double-jeux》를 《더블 게임》이라 부르겠다. (한국에서는 프랑스어 판본의 제 7권만 《뉴욕 이야기—고담 핸드북(마음산책, 2007)》이라는 이름으로 출간되었다.)

의 은유이자, 이 책의 비밀을 풀어갈 열쇠다.

책에는 두 명의 저자가 있고(미국 소설가 폴 오스터와 프랑스 개념 미술가인 소피 칼), 두 명의 인물이 있으며(소설의 캐릭터 마리아 터너와 그 모델 소피 칼), 두 명의 저자가 서로의 작업을 옮겨 쓰고 다시 쓰는 이중의 쓰기가 있다.

표지에는 소피 칼이 금발의 여자가 되어 침대에 앉아 있다. 왜 가발을 썼을까.

아마도 누군가를 연기하는 것이리라.

어느 소설가의 캐릭터를.

그리고 책은 붉은 공단 리본으로 묶여 있다. 포장을 풀어야만 하는 은밀한 선물처럼.

당신은 소피 칼의 여자로부터 유혹이라도 받은 것 같겠지만, 이걸 받은 사람은 당신만이 아니다.

소피 칼은 언제나 두 겹의 주체로 작업한다. 생활자이자 작업자로, 연기자이자 감독으로, 범죄자이자 탐정으로, 사랑에 빠진 행위자이자 사랑이 끝나고도 그 자리에 남아 흔적을 담는 기록자로.

소피 칼은 언제나 둘이다.

여자이면서 작가.

여자-작가.

소피 칼이란 작가를 널리 알린 첫 작업은 1980년, 낯선 남자의 뒤를 미행하는 여자의 퍼포먼스를 담은 포토로망*이다. 이후로도 탐정, 스트립걸, 호텔 메이드, 기자가 되는

여자는 왜 모래로 쓰는가

퍼포먼스를 몰래 수행한 뒤 이를 기록으로 남겨 전시하고 책으로 만든다.

그러므로, 작업을 본 당신에게는 이러한 질문이 남으리라.

어디까지가 삶이고, 작업인가?

어디까지가 진짜이고, 가짜인가?

이러한 '더블 게임' 형식은 관객의 참여 욕망을 강하게 불러일으킨다.

진실을 파헤쳐보고 싶다는 욕망, 따라가보고 싶다는 욕망, 알고 싶다는 욕망, 훔쳐보고 싶다는 욕망, 기타 등등.

그리하여 소피 칼의 여자를 알고 싶다는 욕망에 빠진 영화 제작자 로버트 레드포드가 있었으니. 그 욕망은 실패에 그치고 말았으나, 그의 소개로 소피 칼은 소설가 폴 오스터와 만나게 된다.[**]

소설가는 영화 제작자와 마찬가지로 소피 칼의 여자를 알고 싶다는 욕망에 빠지고, 결국 허락을 구해 그 캐릭터를 자신의 소설에 쓰고야 만다. 소설 《거대한 괴물(1992)》의 마리아 터너가 그 여자다. 남자를 홀리고 다니는 예술가 여자.

---

[*]　소피 칼의 작업을 호명할 적당한 단어가 무엇인지 잘 모르겠다. '포토 로망(photo roman)'은 사진과 소설의 합성어로, 서사가 있는 연작의 사진작업, 이미지로부터 서사를 분리할 수 없는 작업을 일컫는 말이다.

[**]　〈소피 칼의 '사진-텍스트'에 관한 연구〉, 박경린, 석사학위논문, 홍익대학교, 2010.

이 사실을 알고 소설을 읽는 일은 독자로서 무척 혼란스러운 경험이다.

나만 그런가?

왜냐하면 폴 오스터의 화자인 피터 아론은 소피 칼을 모델로 한 마리아와 사랑을 나누는데, 둘은 나이, 출신 대학, 직업, 이니셜마저 같기 때문이다. 폴 오스터. 피터 아론. P.A.

그렇다면 소피 칼은 마리아인가? 마리아 같은 여자인가?

소피 칼은 폴 오스터와 사랑을 한 것인가?

혹은 아닌가?

사실이 무엇인지는 모른다.

소피 칼이 팜므파탈일지도 모르고, 둘 사이에 정말 사랑이 있었을지도 모르고, 설령 그 어떤 사건도 없었다 할지라도, 독자의 상상만으로 사건은 이미 벌어진 것인지도 모른다.

물론 당신이 준엄한 소설의 독자라면, 세간의 가십 따위 못 들은 것으로 할 수도 있으리라. 소설은 소설일 뿐이니까.

그러나, 당신이 소피 칼처럼 소설가에게 캐릭터를 빌려준 입장이었다면 꽤 난처했으리라.

캐릭터를 빌려줬을 뿐이지, 사랑을 나누라고까지 한 건 아닌데. 게다가 소설가의 페르소나와 사랑을 나누다니, 사람들이 뭐라고 생각할지……. 이런 모욕에 대해 어떻게 응

수해야 할까?

여기서 흥미로운 점은, 소피 칼의 작가가 소설가의 도발을 현실적 차원의 모욕으로 간주하지 않고, 이를 자신의 더블 게임으로 끌어들이며 현실을 자신의 예술 공간으로 전유한다는 점이다.

예술이란 언제나 현실과의 더블 게임임을 보여주듯이.

소피 칼의 작가는 낯선 사람을 추적하거나, 연인의 치부를 드러내는 것과 같은 사생활 침해 소지가 많은 문제적 작업을 해왔다. 당신도 알다시피 소피 칼의 작품은 소피 칼이란 작가의 존재와 긴밀하게 연결되어 있었고, 이 점이 우리로 하여금 예술 혹은 진실의 경계란 무엇인가를 질문하게 했다.

그런데, 만약 작가가 이를 법적 분쟁으로 만들었다면 어떻게 되었을까.

현실 세계에 예술로 틈을 내는 자신의 논쟁적인 작업 방식을 스스로 부정하고, 자신의 표현 공간을 협소화하는 함정에 빠지게 되었으리라.

또한 작가가 정치적으로 올바른 것을 지켜내려 했다면, 표현은 더는 질문을 생산하지 않았을 것이며 윤리적이고 안전하게 잊혔으리라.

다시 말해 소피 칼은 여자이면서 작가이고, 연인에게 버림받는 여자인 순간에조차 작가이고, 작가란 무엇인가.

자신의 버려짐을 칼같이 보는 자이다.

내가 무참히 버려짐 당하는 쓰레기일 때조차 버려지는

나를 보는 자*이다. 그리고 이를 기록하지 않는다면, 나를 버리는 자가 다름아닌 내가 아닌가를 의심하는 자이다. 그리하여 작가로서 위험을 감수하면서도 말한다는 것. 위험한 불장난을 하는 이 냉정한 자가 다음으로 무엇을 하는지를 봐라.

소피 칼의 작가는 현실과 소설 사이의 더블 게임을 작업해야겠다고 마음먹는다.

1. 소피 칼은 소설의 인물 마리아에게 어떠한 영향을 미쳤나?
2. 마리아는 소피 칼에게 어떠한 영향을 미쳤나?

소피 칼은 피터 아론과 폴 오스터가 그렇듯이, 마리아와 자신 사이에도 공통점과 차이점이 있음을 발견한다. 소설가가 캐릭터를 만드는 과정에서 현실의 일부만 옮겨 썼기 때문이다. 소피 칼은 소설가가 각색한 여덟 개의 프로젝트가 원본과 어떻게 같고 또 다른지를 살핀다. 다음으로, 소설가가 지어낸 마리아의 프로젝트를 직접 수행해본다. 소피 칼을 따라하는 마리아를 따라하는 소피 칼처럼.

폴 오스터가 지어낸 가상의 프로젝트 〈색채 식단(1997)〉은 다음과 같다.

---

* 이 점에 대해서는 이 책의 3장 김혜순의 여자를 참조하라.

몇 주 동안 그녀는 색채 식단이라 불리는 것에 빠져서
특정 요일에 특정한 색깔의 음식만 먹었다.
월요일엔 주황색: 당근, 칸탈로프, 삶은 새우.
화요일엔 빨간색: 토마토, 감, 타르타르 스테이크.
수요일엔 흰색: 가자미, 감자, 코티지 치즈.
목요일엔 녹색: 오이, 브로콜리, 시금치 등등.
일요일의 마지막 식사까지 이런 식으로 했다.

아아, 외로운 여자-작가의 미친 성실성이여.

소피 칼의 여자는 지시문대로 음식을 전부 만든다. 소피 칼의 작가는 이를 사진과 글로 기록한다(이 모든 걸 상상에 그치지 않고 전부 수행한다는 것은, 웬만큼 미치거나 미칠 만큼 외롭지 않고서는 할 수 없는 짓이리라. 그러나 이 글을 전부 다시 쓰고 있는 내가, 뭐라 말할 입장은 아닐지니……).

이 과정에서 텍스트에 틈이 있음이 드러난다. 소설가는 언제나 다 말해주지 않는 사람이고 그가 쓰지 않았거나 누락한 것이 많았기 때문이다(모든 걸 말한다면 소설가는 소설을 끝낼 수 없으리라). 이를테면, 소설가는 무엇을 잊었는가?

그는 마실 것을 쓰는 걸 잊었다. 그래서 여자는 이렇게 덧대어 쓴다.

"나는 그의 메뉴를 내 스스로 완성하도록 허락했다. 오렌지 주스."

그리고 소설가는 무엇을 또 잊었는가. 그는 '등등'이라는

말로 금요일과 주말 메뉴를 얼버무렸다. 여자는 이렇게 덧
대어 쓴다.

"토요일은 아무 색도 쓰여 있지 않으니 핑크로 선택."

옮겨 쓰기,
고쳐 쓰기,
다시 쓰기

나는 그에게 허구의 인물을 하나 창조해달라고 부탁했
다. 그러면 나는 그녀처럼 되겠다고 했다. 말하자면 폴 오
스터에게 나를 가지고 그가 원하는 인물을 만들라고 제
안한 것이다. 그리고 최대 1년 동안 나는 그 인물로 살겠
다고 했다.

— 《뉴욕 이야기 — 고담 핸드북*》, 소피 칼·폴 오스터,
심은진 역, 마음산책, 2007.

소피 칼은 자신을 소설의 캐릭터로 사용했던 폴 오스터
에게, 새로운 캐릭터를 만들어낼 것을 요구한다. 하지만 소
설가는 이를 거절한다. 작가가 자신의 글을 통제할 수는 있
지만 현실을 통제할 수는 없다. 그는 소설이 아닌 현실에
서 소피 칼이 캐릭터를 연기하다가 위험에 휘말릴까 두려

---

* 앞서 말했듯, 한국에는 《더블 게임》의 제 7권 〈고담 핸드북〉만 《뉴욕
이야기—고담 핸드북》으로 번역되었으나, 이 책은 여러분에게 불길한
문학의 종언을 선고하듯 절판되었다.

웠던 것 같다. (그는 소피 칼의 여자가 얼마나 위험천만한 존재인지 알았으리라.) 그리하여 그는 짧은 지침서만을 준다. 그의 권고를 요약하면 다음과 같다.

　제목: 뉴욕에서의 삶을 아름답게 만들기 위해 소피 칼이 개인적으로 사용하게 될 교육 입문서(그녀의 요구에 따른)

　1. 거리에서 만나는 모르는 사람들에게 미소 짓고 미소 지은 횟수를 기록하기.
　2. 낯선 사람에게 칭찬으로 말 걸기. 화젯거리가 없으면 날씨에 대해 말하기.
　3. 걸인과 노숙자, 배고픈 이에게 샌드위치를 주고, 담배가 필요한 사람에게 담배 주기.
　4. 도시의 한 장소를 선택하고, 그곳이 어디든 자기 소유처럼 생각하기.

　얼핏 캐릭터를 배려해주는 것 같기도 하고, 뉴욕에서 제대로 엿 좀 먹어보라고 말하는 것 같기도 한 저자의 거북한 지침을, 우리의 여자-작가는 따르기로 한다. 저자를 따르면 소설의 캐릭터가 되어 허구를 얻을 지니.
　그리하여 미쳤거나 미치도록 외로운 우리의 여자-작가는, 정말로 낯선 뉴요커들에게 말을 건네고 샌드위치와 담배를 나눠준다. 공중전화부스 한 곳을 정해 그곳을 집처럼 꾸미고, 전화 통화를 도청하다가 전화국에서 나온 공무원과 시비가 붙어 곤경에 처하기도 한다.

《뉴욕 이야기》는 저자의 의도에 복종할 수밖에 없는 소설의 등장인물이 저자를 향해 벌이는 파업으로도 읽힌다. 소설가는 캐릭터에게 행동의 규칙만 정해줬을 뿐 뭘 하지 말라고는 하지 않았다. 여자는 그 틈을 파고들어 소설가에게 응수한다. 자기 역할을 대신할 친구를 찾는다던가, 공중전화부스에 메모장을 남겨 사람들이 메모를 하게 만들면서 서사를 예상치 못한 방향으로 흐르게 한다.

《더블 게임》은 소설의 등장인물과 그 모델 사이의 더블 게임이자 소설가와 등장인물 사이의 더블 게임이기도 하지만, 작가와 독자 사이의 더블 게임으로도 읽힌다. 독자는 언제나 주어진 것보다 더 읽거나 덜 읽는 존재이므로. (이쯤에서 나는 인터넷에 《거대한 괴물》의 리뷰를 한번 검색해보았다. 다들 나와 다른 책을 읽은 것 같았다. 누군가에게 마리아 터너는 보이지도 않는 인물이었고, 누군가에게 이 책은 추리물이 아닌 미국식 자유연애에 관한 우화였다.)

독자는 폴 오스터가 소설에 모든 이야기를 다 쓰지 않은 것처럼, 소피 칼 또한 진실을 다 보여주지는 않는다고 의심할 수밖에 없으리라.

두 사람 사이엔 정말 여기 쓰인 사건만 일어났을까?

이 색채식단을 직접 요리했을까? 설마, 그걸 다 먹진 않았겠지?

여자는 왜 모래로 쓰는가

왜냐하면, 서사에 틈이 많기 때문이다. 그리고 이 틈 속에 독자의 공간이 있으리라. 독자는 서사의 틈을 파고들어 그 틈에서 해석 공간을 만들어내려 한다.

이를테면 당신 같은 독자.

이런 유형의 독자는 다 말해주지 못하는 무능한 작가와, 서사를 두고 경합하면서 자신만의 서사를 창조한다.[*]

이때, 사건이 일어나는 장소는 바로 당신의 마음속이다.

또한 《더블 게임》은 원본과 번역본 사이의 더블 게임이자, 스토리와 소설 사이의 더블 게임이기도 하다. 이 책은 미술 작업을 소설이라는 다른 언어로 옮겨내면 무슨 일이 일어나는지 보여준다. 그러나 책이 보여주는 건 소설의 전후뿐이다. 원본으로서의 이야기(미술 프로젝트)와 번역본으로서의 소설.

이야기를 소설로 옮기는 과정에서, 소설을 프로젝트로 옮기는 과정에서 머릿속에서 무슨 일이 벌어졌는지는 적혀 있지 않다. 그걸 다 말하려 했다면 논픽션이 되었을 텐데, 이 책은 논픽션이 아니다. 그렇다고 이 책은 원본이 무엇인지를 찾아내려는 게임도 아니다. 소피 칼의 여자-작가는 원본을 고쳐 쓰고 다시 쓰면서, 하나의 텍스트가 어떻게 다른 텍스트로 끝없이 번역되고 재구성될 가능성을 지니는지 묻는다.

---

[*] 《서사학 강의》, H.포터 애벗, 우찬제·공성수·이소연·박상익 역, 문학과지성사, 2010.

경계의 쓰기, 번역의 쓰기 ― 소피 칼　　　**137**

탐정 소설의
탐정처럼

소피 칼은 1953년 파리에서 태어났다. 아버지 로베르 칼은 이름난 미술품 수집가였다. 그의 소장품 가운데 미국 사진가 듀안 마이클의 작품이 있었는데* 여자는 그 사진들을 무척 애정했다고 한다. 여자는 미술가가 되기 전에 미술관에 가본 적이 없다고 말했지만, 이러한 배경 때문에 그 말을 믿기란 쉽지 않다.

여자가 소녀였을 때, 세상은 68혁명과 프라하의 봄, 미소 냉전, 베트남 전쟁, 이스라엘-팔레스타인 분쟁으로 가득한 카오스였고, 한때 소녀는 마르크스주의에 경도되어 사회운동가가 되는 꿈을 꾸었다. 그러나 머지않아 그 꿈을 접었고, 세계 여행으로 이십대의 몇 년을 소요하다가, 미국 캘리포니아 볼리나스에서 우연한 계기로 사진을 찍기 시작한다.**

1978년, 아버지의 권유로 집에 돌아온 여자는 한동안 파리의 일상으로 돌아오는 데 어려움을 겪는다. 사진가가 되고 싶다는 마음은 있었지만 구체적인 전망은 없을 때였다. 이때 사진은 전환의 계기가 되었다.

---

* 듀안 마이클은 '포토 로망' 혹은 '시퀀스 사진'이라 불리는 영화적 사진을 찍었다. 그의 사진은 독립된 낱장의 이미지가 아니라 서사적인 흐름을 가진 일련의 연속된 이미지로 이뤄져 있다.

** 〈소피 칼의 작업에 나타난 '부재'의 개념〉, 박윤아, 박사학위논문, 이화여자대학교, 2017.

"1979년 1월 1일 월요일, 나는 멋진 각오를 한다. 매일 누군가의 뒤를 따라갈 것이다."***

희한한 결심.

이 결심이 소피 칼의 여자를 여자-작가로 만든 시작점이리라.

소피 칼은 파리에서 우연히 만난 사람들을 따라다니며 그들의 자취를 사진과 글로 기록한다. 한 번도 만난 적 없는 사람 29명을 차례로 자신의 침대로 불러들여 이들이 자는 모습을 기록한 〈잠자는 사람들(1979)〉도 같은 해의 작업이었다.

그 후, 우연히 파리의 전시장에서 만난 남자를 베니스까지 미행한 14일 간의 추적일지 〈베니스에서의 추적(1980)〉, 사설탐정을 고용해 자신을 미행하게 한 기록 〈그림자(1981)〉, 베니스의 한 호텔에 메이드로 위장 취업해 호텔 투숙객들이 남기고 간 사물을 기록한 〈호텔(1981)〉, 길에서 습득한 전화번호부의 누구인지를 전화번호부에 적힌 주변인들과의 인터뷰를 통해 탐문해가는 인터뷰 〈주소록(1983)〉에 이르기까지 소피 칼의 초기 작업은 탐정 소설의 형식을 취하고 있으며, 이 모티프와 형식은 이후에도 반복된다.

*** 〈Sophie Calle and the art of leaving a trace〉, Lili Owen Rowlands, The New Yorker, nov. 17. 2021.

소피 칼의 작가는 타인을 따라다니면서, 내면에 침잠할 때 겪는 여자의 무거움에서 벗어날 수 있었고 이를 기록하고 표현하는 과정에서 작가가 되었던 것 같다. 작가가 자기 안에 갇혀 있던 여자를 내버렸다면 아마 삶도, 작업도 일으킬 수 없었으리라. 또, 작가는 가까운 사람이 아니라 낯선 사람의 뒤를 쫓는 형식을 취했으므로 대상과의 거리감을 확보할 수 있었다.

그런데, 거리감을 갖는다는 것이 작가에게 왜 중요한가?

매혹적인 대상을 쫓다 보면 작가는 그저 사랑에 빠져버릴 수도 있기 때문이다. 사랑에 빠지는 게 왜 문제인가? 사랑은 대상을 바라보기보다 만지려 하기 때문이다. (이쯤에서 당신은 작업을 하다가 사랑에 빠진 영화감독이나 미술가들을 떠올릴 수 있으리라. 그리고 당신은 알리라. 이제부터가 그의 난관이라는 것을. 사랑에 빠진 대상과 사랑이 아닌 작업을 하려면 작가는 사적인 감정을 넘어선 다른 차원의 거리감을 확보해야만 한다.)

소피 칼이 택한 사진이라는 매체는, 다른 어떤 매체보다도 대상을 바라보기 위한 실제적인 거리를 필요로 한다. 최초에 소피 칼의 여자-작가는 기록의 대상과 직접 관계 맺지 않고, 그를 둘러싼 것들을 탐문해 존재를 구성해내는 방식을 택했다.

만약 여자-작가가 미행이 아닌 동행을 택했다면 어땠을까.

대상을 알아가면서 작업의 심도는 깊어졌을지라도, 깊어

진 만큼 보이지 않는 것들이 생겨났으리라. 그런 뒤에는 작업을 마치더라도 그로부터 헤어나오기 어려웠을 것이다. 작업에 삶을 거는 다큐멘터리 작업자들이 흔히 그렇듯.

소피 칼의 작가는 탐정이다.

누구도 신고하지 않는, 사소하고도 의미심장한 삶의 사건을 수사하는 탐정. 이 기록을 보는 독자들은 여자가 들키진 않을까 조마조마해하며 책장을 넘긴다. 당신이 레이몬드 챈들러나 하라 료, 마츠모토 세이초에게 빠져본 적이 있다면 이 심정을 잘 알리라.

〈베니스에서의 추적〉을 상기해보자. 이 프로젝트는 리옹의 기차역에서 여자가 낯선 남자를 미행하는 데서 출발해, 리옹으로 귀환한 남자에게 미행을 들킨 순간 끝난다. 여자-작가는 남자의 얼굴을 보았겠지만 독자는 그의 얼굴을 볼수 없다. 그는 언제나 뒷모습이거나 호텔 투숙객의 흔적으로, 마지막에는 카메라를 가리는 손으로만 나타난다. 탐정소설에서 탐정이 쫓는 사람의 정체를 밝혀내면 그때, 이야기가 종결되듯이.

────── 자서전과 소설 사이에서,
진실과 허구 사이에서

웹을 검색해보면 많은 사람들이 정말이지 다양한 이름

으로 소피 칼의 작업을 호명하고 있음을 알 수 있다. 자신의 이야기를 바탕으로 했다는 점에서 자(서)전적 소설(autobiographical novel), 자(서)전적 글쓰기(autobiographical writing), 혹은 오토픽션(auto-fiction)······. 사진과 글이 한몸으로 결합된 독특한 형식을 만들어냈다는 점에서 포토로망(photo roman), 책 속에 사진이 들어갔다는 이유로 사진책(photo book), 책의 형식을 그 내용과 분리시킬 수 없다는 점에서 아티스트북(artist book)이라 부르기도 한다.

왜 하나의 책을 두고 여러 이름이 경합하는가?

왜냐하면 소피 칼의 책은 스스로 정체를 명확히 규정 짓지 않음으로써 전통적인 책의 경계를 허물어뜨리기 때문이다.

자(서)전은 일반적으로 작가, 화자, 주인공이 일치하는 장르라고 규정된다. 이를테면 내가 쓰고, 내가 나를 '나'라고 말하며, 내가 주인공인 장르다. (물론 자신의 자서전을 3인칭으로 쓰는 예외도 있긴 하다.) 오토픽션은 작가, 화자, 주인공이 일치한다는 점에서 자서전과 같은 규범을 갖지만, 그럼에도 허구임을 책에 명시하거나 우리가 자신의 기억에 대해 쓸 때조차 허구를 발명할 공간은 존재함을 인정하는 장르다*.

보통 우리는 자서전이 진실을 말하고, 소설은 허구를 말한다고 여긴다. 그러나 작가가 100% 진실을 말하는지, 특정한

---

* 자서전과 자전적 소설의 정의와 이 두 형식의 차이를 말하는 대목은 《자서전의 규약》을 참조하여 작성했다. 더 깊이 알고 싶다면 이 책을 보라. 《자서전의 규약》, 필립 르죈, 윤진 역, 문학과지성사, 1998.

여자는 왜 모래로 쓰는가

진실만을 가려서 말하는지 독자가 어떻게 알 수 있는가?

우리가 자신을 돌아보기만 해도 진실과 거짓, 그리고 허구의 경계는 흐릿하다. 우리는 과거 연인 혹은 누군가와의 이별을, 상대가 마지막으로 남긴 말을 그때그때 달리 의미화하며, 그에 따른 기억을 왜곡하거나 상상을 통해 보충하기도 한다.

그럼에도 자서전은 자서전을 쓴 저자의 삶과 그 서술이 일치한다는 신뢰에 의해 자서전으로 믿어진다.[**] 반면 오토픽션은 글을 쓴 저자의 삶과 그 서술이 반드시 일치하지는 않을 수도 있다는 의심에 의해 소설로 간주된다. 오토픽션은 자서전의 반대말이라기보다는, 내가 '나'에 대해 말할 때, 그 '나'는 어떤 '나'인지 물으며 전통적인 자서전 속 '나'의 고정성을 뒤흔드는 개념이다.

소피 칼의 책은, 책 속의 서사가 끝나고 실제세계가 시작되는 경계가 어디인지를 묻게 한다. 작가는 호텔 메이드로 취업해 손님이 떠난 객실을 기록한 프로젝트 〈호텔〉에 대해 이렇게 말한다.

"나는 이 작품의 모든 것이 완전한 진실이라고 말했지만, 하나의 방만은 완전한 허구였다. 나는 빈 방을 하나 골라, 그 방을 내가 발견하고 싶었던 것들로 채웠다."[***]

[**] 앞의 책.
[***] 〈Sophie Calle and the art of leaving a trace〉, Lili Owen Rowlands, The New Yorker, nov. 17. 2021.

그러나 무엇이 가짜인지를 말하지 않는다.[*]

한편, 자신의 유년기부터 현재까지의 자기 서사를 파편적인 형식으로 쓴 《진실된 이야기》를 두고 이렇게 말하기도 한다.

"《진실된 이야기》는 진실인가? 내가 뭐라 답할 수 있을까. (……) 내 작품들 상당수가 가진 특이점은 그것들이 내 삶이기도 하다는 점이다."[**]

작가가 이 말을 꺼내지 않았다면 독자들은 무엇이 진실이며 허구인지 생각하지 않았으리라. 그러나 저자의 말은, 독자에게 책에 관계된 하나의 진실로 다가온다. 작가는 책을 쓰기만 하지 않고 책에 관해 의식적으로 말함으로써 서사와 실제세계의 경계를 흐리고, 책 속의 글자 하나 바꾸지 않으면서 서사를 바꿔낸다.

존재하지 않는
책에 관한 낭독회

소피 칼의 프로젝트들은 마치, 소설가의 작업 과정을 퍼포먼스화 한 것처럼 보인다.

---

[*] 〈소피 칼의 작업에 나타난 '부재'의 개념〉, 박윤아, 박사학위논문, 이화여자대학교, 2017.

[**] 〈Sophie Calle〉, Louise Neri, interviewmagazine.com, mar. 7, 2009.

〈베니스에서의 추적〉에서는 매력 있는 캐릭터에 대한 조사, 〈그림자〉에서는 사설탐정과 나라는 두 인물의 관점의 차이 만들기, 〈호텔〉에서는 현장에 잠입해 취재 필드워크하기, 〈더블 게임〉에서는 소설의 캐릭터 되기 및 부당한 명령을 내리는 저자와 싸우기…….

나는 소피 칼의 눈을 빌려, 내가 퍼포먼스+기록을 할 만한 프로젝트가 있는지 나 자신을 한번 검토해보기로 했다.

존재하지 않는 책에 관한 낭독회.
조금은 흥미로운가?
이것은 2011년, 나와 예술가 친구들이 함께 만든 어느 낭독회의 이름이다. 그 집단에는 이름이 있었으니, 그 이름은 '네시이십분'이었다. 네시이십분은 놀랍게도 네 시 이십 분에 만난 네 사람의 모임에서 시작되었다. 그러나 나는 그 네 사람이 누구였는지를 이제는 잘 기억하지 못한다. 이쯤에서 여러분은 이미 예감했겠지만 네 시 정각의 약속을 누구도 지키지 못해 네 시 이십 분에 만난 우리의 우물쭈물한 행위가 우리의 운명을 결정지었다.

처음 우리는 책을 만들고자 했고, 다 같이 모이면 책이라는 걸 만들 수 있을 줄 알았다. 하지만 머지않아 알게 됐다. 책은 편집자와 디자이너와 마케터가 모인다고 해서 만들 수는 없다는 것을.

안타깝게도, 우리에게는 저자가 없었던 것이다.

그래서 우리는 저자 되기를 시도하기로 한다.

불행인지 다행인지 우리 미래의 저자들은 가난하고, 연인이 없고, 그러나 시간이 있다. 그리하여 우리는 주말마다 함께 종이배를 타고 먼 바다로 항해를 떠나게 된다.

문제는 그 배가 어디로 향하는지 아무도 몰랐다는 것이다.

그럼에도 우리는 갔다.

아마 우리는 매우 심심했던 것 같다.

선장인 나는 매주 혼신의 힘을 다해, 저자 만들기 워크숍을 실시한다. 한겨울, 얼음 폭포 밑에 미래의 저자들을 세워놓고 한 문장이라도 말하기 전에는 집에 못 가게 하기. 이런 것과 유사한 활동을 지시하고 수행했다고 할 수 있다.

하지만 우리의 모임 장소는 내가 다니던 회사의 회의실 311호*를 불법 점거한 곳으로, 사실 히터도 있었고 중국음식을 배달시킬 수도 있었다. 자금성. 중화루. 홍콩 등등에서(그런데 지도를 찾아보니 그때의 중국집들이 모두 사라져버려 나는 도저히 사실을 입증할 수가 없고, 아까부터 실감나게 이야기하려고 거짓말을 섞고 있는데 무엇이 거짓인지는 밝히지 않으련다. 이것이 바로 모든 소설가들이 하는 짓이며, 소피 칼도 그렇게 했고, 당신도 그리 다르지는 않으리라).

시간이 흐른다. 무슨 사건이라도 일으키지 않으면 모임이 친목회가 될 위기에 처한다. 친목회가 되면 저자 만들기

---

* 우리는 이곳을 '삼일일'이라고 불렀다.

사업은 폭망하리라. 그리하여, 네시이십분은 어느 봄날 일본식 술집에 모여 망하기 전에 하고 싶은 것을 돌아가면서 이야기한다. 내 차례에 뭐라도 말하지 않으면 들고 있는 풍선이 터지는 폭탄 게임처럼.

그날 나는 머릿속에 제목만 있던 무언가를 기어이 말하고야 만다.

〈존재하지 않는 책에 관한 낭독회〉.

그것은 일종의 페이크 낭독회 같은 것이었다. 왜냐하면 우리에겐 저자가 없었으니까.

그러나 문제는, 내가 말하면서도 그게 무엇인지 몰랐다는 점이다.

문제는, 지금 내 삶이 아직까지 그 점에 있어 별로 진보되지 않았다는 점이다. (나의 문제점을 꽤나 잘 아는 듯하면서도 여전히 이러고 산다는 것이 나의 문제이다. 당신은 어떠한가?)

아무튼 네시이십분은 미치도록 심심했던 것이 분명하고, 미치도록 심심한 상태란 소피 칼을 작가로 만든 것과 같은 열정이므로. 열정 가득한 미래의 저자 열 사람은 제목뿐인 프로젝트에 동참하기로 결정하면서 배를 타고 낯선 섬으로 떠나게 된다.

존재하지 않는 책에 관한 낭독회라는 섬.

그런데 그 책은 어떤 책인가? 누가 썼으며, 왜 존재하지 않게 되었는가? 선장으로서 나는 그것을 누구보다 먼저 알아야 했다.

음....... 그 책이 의미 있는 책이어야 할 것 같다는 생각이 들었다.

그 작가의 부재가 의미심장해야 할 것 같다는 생각이 들었다.

우리의 낭독회가 하나의 작품이라면, 작품은 무게 있는 말을 해야 할 것 같다는 생각이 들었다.

그러다 알게 됐다.

그런 식으로는 어떤 말도 할 수 없다는 것을.

현실을 재현하는 방식으로는 현실에 끌려다닐 뿐, 아이러니하게도 현실과 싸울 수 없다. 그래서 작가들이 허구를 발명한다는 것을 알게 됐다. 그렇다면 우리의 선원들에게는 어떠한 허구가 필요한가?

선원 가운데, 지금은 작가가 된 e*가 있었다. e는 now here인지 no where인지 하는 블로그**에 아름답고 독특한 글을 많이 썼는데, 그 이름처럼 이따금 모든 글을 no where로 보내버리고 잠수를 탔다. 그때마다 나는 온라인의 불 꺼진 빈 집 앞을 서성이곤 했는데. 아마 나 같은 이들이 많았으리라. 나는 no where가 된 now here를 오래 서성였을 블로그 이웃들에 대해 종종 생각했다.

e를 생각했다.

온라인 블로그에만 글을 올리는 그 사람.

---

* 소설가 정은. e는 왜 E가 아니라 e인가? 당신이 정은을 만나본 적 있다면 알리라. 정은, 그 자는 EEEE가 아닌 eeee. 그리고 이 사태는 우리 사회에 MBTI라는 것이 도래하기도 전의 일이다.
** 다시 봐도 헷갈릴 만하다. nowhereis.x-y.net

글을 쓰고는 있지만 그 글이 세상에 표현으로써 가닿고 있지 못하다고 느끼는 사람.

그런 사람의 글이 사라진다면 그 사건을 〈존재하지 않는 책의 실종〉이라 명명할 수 있지 않을까?

그리하여 나는 종이배의 선장으로서, e에게 연기를 주문하게 된다.

너는 이제부터 블로그를 닫고 존재하지 않는 작가가 된다. 존재하지 않는 작가를 연기하려면 낭독회에 참여할 수 없다. 지금부터 너는 no where의 ghost다.

그러자 e는 배에서 뛰어내려 블로그를 닫고 host에서 ghost가 된다. 그것은 평소 e가 밥 먹듯 자주 하던 행동이었지만, 나의 명령으로 문을 닫고 나자 e의 마음은 황량한 들판이 되고 그곳엔 거센 바람이 일렁이게 된다.

적어도 나는 내가 초래한 '그날의 바람'을 기억한다고 할 수 있다.

그리고 우리는 존재하지 않는 작가 e의 블로그를 추억하는 이웃 블로거가 되어, 지금은 사라진 살롱드팩토리라는 카페에서 낭독회를 연다[***]. 우리 미래의 저자들은 e의 글로부터 영향을 받아 쓰인 글을 읽고, 나는 e를 그리워하며 노래를 부른다.[****]

[***] 검색해보면 절대 안 나올 것 같다. 참고로, 나는 검색해보진 않았다.

[****] 당신은 아무래도 믿기 어렵겠지만, 나는 종종 노래도 만들었고, 그날 내가 만들어 부른 노래 제목이 '그날의 바람'이다.

e도 없는 e의 낭독회에서.

우리의 미래처럼.

낭독회가 끝나고, 우리는 헤어진다.

각자의 길로. 각자의 존재하지 않는 책을 안고서.

그리고 10년도 넘게 지난 오늘날, 나는 스스로 숨기고 스스로 묻어버린 그 낭독회에 관한 글을 쓰게 된다.

그토록 한국으로부터 벗어나기를 바랐으면서도 나는 아직 여기 있고, 그토록 한국인으로부터 벗어나기를 바랐으면서도 나는 아직 여기 있고, 내게 한국과 한국인은 무엇인가?

눈치 본다는 것이다.

자기 이름의 틀 안에 숨어 산다는 것이다.

예의바른 여자처럼, 책 몇 권 낸 작가처럼, 혹은 검색하면 나오는 바로 그 사람처럼.

그러나 그 사람이 나는 아니리라.

나는 한국에서 작가가 되겠다고 결심하면서, 고독하게 쓰는 작가 아닌 모든 존재를 내게서 지우려 했다. 내가 지워냈고 내가 버린 나의 흔적이 〈존재하지 않는 책에 관한 낭독회〉에 존재한다.

나는 왜 나를 살해했는가?

한국에서 문학 작가가 된다는 것은 고독을 수반해야만 한다는 막연한 믿음이 있었기 때문이다.

그 허상은 어디에서 왔는가?

여자는 왜 모래로 쓰는가

한 우물만 판 끝에 예술의 깊이에 도달한 나의 예술학교 선생들에게서 왔다. 그 예술학교 선생들이 학생들에게 근대적 예술가상을 가르친 예술학교는 안기부에서 왔고*, 안기부는 독재자에게서 왔으며, 여러분도 잘 알다시피 우리의 독재자는 식민지에서 왔다.

그리하여 지긋지긋한 무한 도돌이표처럼, 나는 식민지가 끝나고도 식민지와 싸우는 여자다. 소피 칼을 보며, 저 여자는 식민지 여자가 아니구나, 하고 생각하는 여자.

내가 아시아 여자가 아니었다면, 내가 한국 여자가 아니었다면, 태생부터 투쟁이 일상이었던 사회운동가 집안의 외동딸이 아니었다면, 반지하와 옥탑방과 원룸의 마이너리티가 아니었다면.

가난한 72세 남자가 통증 때문에 죽여달라고 애원하는 병든 아내에게 농약을 건네는 2025년의 이 나라, 현직 대통령이 한밤중에 계엄령 버튼을 눌러보면 세상이 어떻게 되는지 알고 싶어서 한번 눌러봤다고 말하는 이 나라가 내 나라가 아니라면 얼마나 좋을까.

그 생각에서 벗어나지 못하는 식민지 여자.

그 여자는 오랜 시간 쓰는 사람인 나로부터 퍼포머를 지

---

* 요즘은 어떤지 모르겠다. 내가 그 학교에 다닐 때(2004~2008년), 택시 기사들은 그곳에 학교가 있는지 알지 못했다. 그래서 "안기부로 가주세요"라고 말해야 했다. 안기부가 사라지고서도 그곳은 안기부였고, 안기부 건물에 간판만 바꿔 학교가 들어섰던 것이다. 졸업 무렵, 학교는 자신의 흑역사를 지우고 싶었는지 그 건물을 다 부숴버렸다. 나는 그렇게 졸업과 함께 나의 학교를 잃었다.

위왔다. 퍼포머는 고독하게 글 쓰는 작가와 어울리지 않았다. 그래서 나는 나를 살해했고, 나는 나로부터 살해되고 추방되어 유배된 나의 유령이었다.

소피 칼은 어떠했는가. 전통적인 작가상에 자신을 끼워 맞추기를 거부하고 학교를 벗어났다. 그후 자신의 작업을 확장하여 새로운 작가상을 만들어냈다. 이를테면 미술이 아닌 것을 미술로 끌어들이는 방식으로, 문학이 아닌 것을 문학에 끌어들이는 방식으로 작업하면서.

소피 칼의 여자-작가는 소설가의 머릿속에서 일어나는 관념적인 사고 과정을 퍼포먼스화 하여 기록하고 전시했다. 누군가의 뒤를 쫓고, 그 장소에 가보고, 대화를 엿듣고, 인터뷰하고, 사진을 찍고⋯⋯. 사실 이 모두가 소설가들이 하는 일이 아닌가? 하지만 소설가들에게 이 과정이 어디까지나 집필(사건)의 전 단계이고 그들이 진짜 사건을 벌이는 장소가 지면 위라면, 소피 칼에게 창작이란 지면에서만 일어나는 활동이 아니다.

이런 틈새시장을 작품화 한다는 것은 어떻게 가능한가. 책이란 언제나 책 속의 서사를 초과한다는 진실을, 소피 칼은 받아들였기 때문이다. 예술이란 언제나 하나의 장르를 초과한다는 진실을 소피 칼은 받아들였기 때문이다.

자신의 작가와 선생과 학교와 부모와 반지하 셋방 주인과 싸우지 않고.

자신의 식민지와 싸우지 않고.

여자는 왜 모래로 쓰는가

그러니, 식민지 태생의 당신이 퍼포머-작가이고자 한다면, 당신은 조금 더 생각해야만 하리라. 차학경 또는 한강의 여자처럼 감옥의 그늘을 지고 침묵을 말할 것인지, 혹은 그 그늘을 등지고 나아가 소피 칼 또는 다와다 요코의 소녀처럼 유희할 것인지.

올가 토카르추크

1962년 1월 29일 폴란드 술레후프에서 태어났다. 바르샤바 대학교에
서 심리학을 전공했다. 첫 장편 《책의 인물들의 여정》(1993)은 폴란드
출판인 협회 선정 '올해의 책'으로 뽑혔다. 《E.E.》와 《태고의 시간들》 발
표 이후 1997년에 사십대 이전의 작가들에게 수여하는 권위 있는 문학
상인 코시치엘스키 문학상을 수상했다. 1998년, 《낮의 집, 밤의 집》 출
간, 《방랑자들》로 2008년 폴란드 최고 권위의 문학상인 니케 상, 부커
상 인터내셔널을 수상했다. 2009년에 발표한 추리소설 《죽은 이들의
뼈 위로 쟁기를 끌어라》는 2017년 아그니에슈카 홀란드 감독의 영화
〈흔적〉으로 각색돼 베를린 영화제에서 은곰상을 받았다. 이후 2014년
발표한 역사소설 《야고보서》로 또 한 번의 니케 상과 스웨덴의 쿨투
르후세트 상을 받았다. 2018년 노벨 문학상 수상자로 선정되었다. 같
은 해 단편 소설집 《기묘한 이야기들》을 출간했고, 2020년 《다정한
서술자》, 2022년 《엠푸사의 향연》을 출간하며 독특한 창작 세계를 이
어가고 있다.

별을 잇는 사람의 마음속에서 별자리는 생겨난다

심야의 극장에게 귀가 있다면

심야 영화를 보러 극장에 간다. 극장이라는 단어가 새로 산 겨울 외투처럼 낯설게 느껴진다. 언젠가부터 모두가 멀티플렉스라고 말하니까.

마치 오래전부터 세상이 그랬다는 것처럼.

나만 그걸 몰랐다는 것처럼.

세상은 빠른 속도로 바뀌고 세상을 가리키던 단어들도 빠르게 바뀌어간다.

아마 올가 토카르추크의 여자라면, 이를 세상의 관점이 아닌 단어의 관점에서 말하리라. *단어들이 빠르게 모습을 바꾸자, 단어들이 가리키던 세상이 바뀌어갔다.*

그렇다.

밤은 단어의 정령들이 나타나는 시간이다.

우리가 잠든 사이에, 그들이 트럭을 타고 와서 세상의 배치를 바꾸는 시간.

편의점 앞에서 수상한 그림자들이 상자를 나르고 있다. 그들이 밤마다 우유 상자를 나르는 척하며 무엇을 실어나르는지 당신은 아는가? 몇 대의 전화기를 쓰는 그들이 김밥천국*에서 누구와 교신하는지 당신은 아는가?

어디선가 고양이 울음소리가 들린다. 카운터의 아르바이트생이 스마트폰으로 유튜브를 보는 것이다. 유튜브 속의 고양이가 울고 있다. 이 나라에서 상자처럼 작은 방에 사는 사람들은 가상공간에서 동물을 키운다.

토카르추크의 여자라면 이 아르바이트생의 눈 속에서, 그리고 유튜브를 보다가 거리로 나온 무수한 사람들의 눈 속에서 불멸의 고양이와 강아지를 보리라. 동물의 숲**의 동물 유령들이 지배하는 이 나라의 무의식을 보리라.

나는 극장으로 들어선다.

불 꺼진 옷 가게, 마카롱 가게, 옷 가게, 핸드폰 가게를 지

---

* 한국에는 두 가지 지상천국이 있다. 김밥천국과 알바천국. 전자의 천국에서는 많은 이들이 밥을 먹는 척하며 누군가와 끊임없이 교신한다. 후자의 천국에는 대기실이 있고, 천국에 도달하려면 거기서 면접을 봐야 한다.

** '동숲'이라고도 불리는 게임. 나의 친구는 동숲이 공짜가 아니라고 했다. 동숲에 살려면 집을 지어야 하고 집을 지으려면 대출을 받아야 하고 빚을 갚으려면 독거미를 잡아야 하고 독거미 잡기란 매우 힘든 일이기 때문이었다. 그러나 고단한 삶에 울림을 주는 오리 친구가 있었으니, 처음 오리 친구는 주춤주춤 다가와 이렇게 질문했다고 한다. "인생이란 무엇일까?"

나면 엘리베이터. 엘리베이터 내부는 몇 해째 파란 이삿짐 상자 속 같다. 불안의 상자 속에서, 잘못 적재된 화물처럼 나는 생각한다.

이제 지옥으로 가는 건가?

2층은 사람 없이 쓸쓸한 파티 중인 무인 오락실.

3층은 무인 발권기만 있는 박스오피스. 발권기가 고장 나 있다. 나는 두리번거린다. 어디에도 사람이 없다. 기나긴 팝콘 상자 너머로 외친다. 기계가 고장 난 것 같은데요. 잠시만 기다리세요. 보이지 않는 목소리가 어디론가 무전을 한다. 저 목소리는, 팝콘 팔고 콜라 팔고 오징어도 굽다가 발권기가 고장 나면 수리도 하는 목소리다.

언젠가부터 티켓은 바코드 찍힌 영수증이다. 극장이 스스로를 모독하고 영화마저 모독한다는 생각이 든다. 그러나 모든 것이 빌트인 수납되는 순백의 모델하우스에서처럼, 이 세계에서는 모독마저도 은폐된다.

엔딩 크레딧이 올라가자마자 모든 불이 켜진다. 청소하는 여자는 이미 관객의 퇴장을 기다리고 있고 관객들은 모텔의 대실 손님들처럼 계단을 내려간다.

주차장 경비원은 새벽 두 시에도 인공 태양이 돌아가는 지하에서 대낮처럼 일한다.

사무실 앞에 낡고 커다란 벽시계가 걸려 있다. 오늘날의 학교에서, 동사무소에서, 법원에서, 교도소에서 쓰는 커다랗고 둥근 벽시계. 검은 테두리에 흰 바탕. 숫자가 큼직하다. 시계가 너무 커서 이곳은 사람의 소유가 아니라 마치

시계의 소유인 것처럼 보인다.

토카르추크의 여자라면, 이 벽시계의 눈으로 극장을 말하리라.

시계의 눈으로.

그것이 지켜본 이 모든 시간에 대해.

사람들이 경비원에게 주차권을 건네며 차량 번호를 댄다. 경비원은 버튼을 눌러 적재된 차를 아래로 불러온다. 1355. 수인 번호를 호명하듯 숫자를 외친다. 네, 1355! 접니다. 만약 내가 토카르추크 소설의 등장인물이었다면 여자는 나를 뭐라고 불렀을까?

……밤 귀신?

여자는 인물에게 성과 이름을 붙이는 대신, 행동이나 외모, 기질을 담은 호칭을 만들곤 했다. 왕발, 괴짜, 기쁜 소식, 디오니소스, 검정 커튼, 바스락 신부 등등.

1355가 밤을 향해 달려나가고 다른 번호들이 목을 빼고 자기 차례를 기다린다. 밤의 지하 주차장에서는 끽끽거리는 귀신 울음소리가 들린다.

그렇다.

보이지 않는다 해서 존재하지 않는 것은 아니리라.

그러니, 보라. 극장에는 밤의 이야기들이 가득할지니. 냉장고에서처럼 칸칸이 적재된 자동차들과 낡은 사물들이 밤새도록 웅성거리고 있을지니.

그런데, 이런 이야기를 보고 들으려면 어떻게 해야 하는가? 먼저 당신은 자신이 인간만은 아님을 받아들여야 하리라.

여자는 왜 모래로 쓰는가

당신 발자국에
내 발자국을 포개며 걷는다

읽기는 눈 쌓인 새벽길의 발자국 따라 걷기이다.

읽기 없는 쓰기란 존재하지 않으므로 모든 쓰기가 그렇다. 눈 쌓인 새벽길의 발자국 따라 걷기. 나는 발자국과 발자국 사이의 보폭을 가늠한다. 그리고 앞선 이의 발자국에 내 발자국을 포개며 걷는다.

사랑은 그의 걸음걸이를 따라 한번 걸어보는 일이고 이것은 쓰기의 여정을 닮았다.

사랑은 다름을 수용하는 힘이므로.

그의 걸음으로부터, 마침내 나의 걸음을 발명하게 하는 힘이므로.

소설가 다카하시 겐이치로는 언젠가 우리가 아기였을 때 엄마 말을 따라하며 처음 말을 배웠듯이, 모든 작가에게는 말-엄마가 있다고 말한다*. 무라카미 하루키에게 레이먼드 챈들러가 있고, 미야베 미유키에게 마쓰모토 세이초가 있듯이…… 나에게도 있다고 한다.

저기 뚜벅뚜벅 걷다가, 지그재그로 걷다가, 걷다가 돌아서고, 멈춘 줄 알았는데 달려가는, 달려가다가 날아가버리

---

* 이 엄마는 생물학적 여자가 아니라, 모든 것을 내어주는 증여의 사랑으로서의 존재를 말한다. 또, 한 사람의 작가에게 말-엄마란 여럿이리라. 《연필로 고래잡는 글쓰기》, 다카하시 겐이치로, 양윤옥 역, 웅진지식하우스, 2008.

는 누군가 있다. 영영 사라진 줄 알았는데 이내 다시 나타나는 누군가. 걸음과 걸음 사이—행간을 헤아리게 하는 누군가. 나에게 토카르추크의 여자는 그 발자국의 주인이다.

그런데, 저 폴란드 여자의 걸음걸이를 어떻게 따라 걸을 것인가?

뭐든 보존하려는 폴란드 땅이 아니라 뭐든 버리려는 이 땅에서, 언제나 공사 중인 가설무대*의 나라에서. 저 여자의 걸음을 따라 걸으며 무엇을 볼 수 있을 것인가?

당신은 알리라.

우리나라의 모든 도시는 서울의 레플리카이고, 레플리카는 부산에도 있고 원주에도 있고 광주에도 창원에도 울산에도 심지어 제주에도 있다. 한국의 모든 도시는 밤마다 서울이 되는 꿈을 꾸면서 아파트 청약 광고가 담긴 편지를 우리들의 집 우편함에 꽂아놓는다. 수신자는 캐슬, 프레스티지, 화이트하우스에 입주할 미래의 주민. 그 편지는 꼭 여호와의 증인 소식지처럼 생겼다.

초록의 나무들이 울창한 인공 낙원.

그것은 한국의 텔레비전이 우리의 뇌에 주입한 꿈이리라.

언젠가 나도 그 꿈을 좇아 청약 통장을 만든 적이 있다.

---

* 　김혜순의 여자는 우리가 언제나 건설 중인 "가설무대의 도시"에 살고 있다고 한다.《않아는 이렇게 말했다》, 김혜순·이피, 문학동네, 2022.

　　　　　　　　　　　　　여자는 왜 모래로 쓰는가

왜 만들어야 하는지 잘 모르면서 첫 직장에 입사한 첫 달에 통장을 만들었다.

그것은 아마 내 무의식이 누군가의 레플리카라는 증거이리라.

그리하여 지금 이 순간에도 누군가는 나에게 불안 바이러스를 주입하고, 나는 혼자 살면서 글 쓰는 여자로서 미치지 않고 살 방법을 고민한다. 이런 여자에게 보통의 한국인이 들려주는 해답은 보통 네 가지이다.

1. 결혼 보험 가입
2. 암 보험/ 치매·간병인 보험 가입
3. 문학으로부터의 탈주
4. 심리 상담

나는 불안증을 해결하기 위해 심리 상담이라는 것을 가보았다. 나의 상담사는 책을 낸 여자였다. 공황장애. 불안증. 이런 병증을 연구한 여자의 책들이 대기실 테이블에 잔뜩 쌓여 있었다. 나는 상담사가 책의 저자라는 점에 무척 믿음이 갔다. 국제공인자격증 취득자인데다 심리학 교수이기까지 하다니, 대체 얼마나 훌륭할 여자일 것인가!

그런데 그토록 면밀한 사전 검토에도 불구하고, 나는 이 점을 미처 생각지 못했다. 그 여자도 때로 상담이 필요한 한국여자라는 점. 그러니까 그 전문가 여자가 내게 자신의 남편 문제를 말하기 시작한 것이다.

어느 날, 만취한 남편이 길가의 꽃장수 트럭에서 떨이 꽃을 전부 사서는 트렁크에 싣고 와 선물이랍시고 집 안 욕조 가득 떨이 꽃을 채워놨다는 이야기*. 요지: 남편이란 작자는 고칠 수 없는 남의 편이다.

나는 한 분야의 대가와의 면담에서 이러한 한국적 언설을 듣게 될 줄 몰랐다.

무엇보다 나는 대가도 한국 가정에서 자라 그 가정을 꾸리는 한국여자라는 점을 몰랐고, 그렇게 모르는 게 많아서 지금 이 글을 쓰는 형벌에 처해 있는 것이다.

그리고 아마도 이것이 내가 토카르추크의 여자에게 하고 싶었던 말이리라.

이 나라는 온 국민이 심리 상담사가 강의하는 텔레비전을 보며, 그 텔레비전 학교 속에서 죽네 사네 싸우고 난리를 치다가, 통한의 병증을 치유하려고 온갖 영양제를 상시 복용하는 곳이라고. 그런데 그 병증의 근원만은 잊으려고 매일 밤 술을 들이부으며 가슴 속에 참을 인(忍) 자를 새기는 곳이라고.

1. 살암시민 살아진다.** (제주)

---

* 나는 〈아메리칸 뷰티〉의 한 장면을 떠올렸다. 그 영화에는 욕조에서 장미꽃잎으로 목욕하는 어린 여자를 상상하는 중년 남자의 성적 판타지가 나온다. 코리안 뷰티와 아메리칸 뷰티는 본질적으로 닮은 것 같기도 하고, 도저히 넘어설 수 없는 간극이 있어 보이기도 한다.

** 살다 보면 살아진다.

2. 참을 인 자 세 번이면 살인도 면한다. (육지)

그러니, 어떻게 해야 이 레퍼토리를 벗어날 수 있느냐고.

땅의 시간은
인간의 시간을 초과한다

도시는 생물의 삶을 통제한다. 그리고 그 도시를 통제하는 것은 인간이다. 도시의 나무가 너무 자라서 햇빛을 가리면 안 되고 간판을 가리면 안 되고 도로를 침범하면 안 된다. 그래서 거리의 은행나무들은 학생주임에게 잘못 걸려 머리채를 쥐어뜯긴 소녀처럼 구슬프게 서 있다.

아니, 언제 저렇게 가지를 다 잘랐어?

당신은 이런 물음을 품어본 적이 있으리라.

길가에는 높고 투명한 방음벽이 아파트 성을 에워싸고 있다. 그 벽을 못 보고 부딪혀 죽은 새들. 벌레들. 안 보이는 투명 날개들이 사방에 떨어져 있다.

통제한다는 건 이동을 제한하고 가두는 일이다. 여기서만 살라고 한곳에 몰아넣는 일. 아무데나 못 가게 막고, 찍소리도 못 내게 막는 일.

인간은 가지를 치고 벽을 세우며 생명의 회로를 차단한다. 심지어 법률에 그 방법을 다 적어두기까지 했다. 법률 위반의 형벌은 감금이고, 감금이란 이동권을 박탈해 꼼

짝 못하게 하는 것이다. 이렇게 인간은 자신의 본능마저 길들였다.

정주 욕망 역시 오랜 통제의 결과다.

토카르추크의 여자는 인류사에서 정착문화의 전통이 자리 잡은 건 그리 오랜 일이 아니라 말한다. 우리 내면의 검은 벌판에는 여전히 유목민이 살고 있으며, 움직임은 바로 그의 본성이라 한다. 인간의 정신 깊은 곳에 유랑을 거듭했던 기억이 동굴벽화처럼 새겨져 있고 그 기억이야말로 인간의 본질이라고.

그리하여 여자는 동굴벽화를 보러 간다.

문명 이전으로 간다.

중심이 아닌 주변으로, 도시가 아닌 지역으로, 시간의 지층을 볼 수 있는 어느 깊은 마을로 간다.

여자는 폴란드의 돌니 실롱스크 주에 살고 있고, 대부분의 책이 이곳을 배경으로 한다. 돌니 실롱스크 주는 폴란드 남서부에 있으며 남쪽으로는 체코, 서쪽으로는 독일과 맞닿아 있다. 그런데, 폴란드라는 나라 자체가 접경이다. 폴란드는 유럽의 가운데 있으며 동쪽으로는 리투아니아, 벨라루스, 우크라이나, 서쪽으로는 독일, 체코, 오스트리아와 맞닿아 있다. 그런 이유로 이 나라는 오랜 세월 유럽의 문화적 교차로인 동시에, 지도상에서 아예 사라진 적이 있을 만큼 심한 영토 분쟁을 겪기도 했다.

제2차 세계대전 종전 후에만 폴란드 국경은 두 번 바

여자는 왜 모래로 쓰는가

뀌었다. 얄타 회담으로 동쪽 영토 약 18만 제곱킬로미터를 잃었고, 포츠담 회담으로 옛 독일 제국 영토 약 10만 2,700 제곱킬로미터를 얻었기 때문이다. 돌니 실롱스크 주는 포츠담 회담으로 얻게 된 영토의 일부다. 이 시기 리투아니아, 벨라루스, 우크라이나에서 살고 있던 폴란드인들이 이곳으로 강제 이주 당하기도 했다. 여자는 이 땅에 얽힌 이토록 복잡한 내력이 폴란드 문학에서 한 번도 표현된 적 없다는 사실에 주목하고 땅의 이야기를 듣고자 한다.*

왜냐하면, 우리는 수억 년 전의 지층 위에 발을 딛고 살지만 결코 그 시간을 보지 못하기 때문이다.

왜냐하면, 우리는 땅이 꾸는 꿈을 살아가지만, 그 꿈을 알지 못하기 때문이다.

왜냐하면, 우리가 보지 못하고 알지 못한다 해도 엄연히 존재하는 세상의 진실이 있기 때문이다.

그리고 보이지 않는 진실이 이 세상을 구성한다.

토카르추크의 여자는 세상의 존재들이 맺고 있는 관계를 통해 이러한 진실을 드러내고자 한다. 그리하여 여자의 글에서 자연과 사물은 인간의 배경이 아닌 주인공으로 나타난다. 여자가 수백 수천 년의 긴 시간을 다루는 이유도 이 때문이다. 땅과 집의 시간은 인간의 시간을 훨씬 초과하며, 그들의 기억은 우리의 삶을 지배한다.

---

* 이 인터뷰에서 돌니 실롱스크의 특징과 가치에 대해 확인할 수 있다. 〈폴란드 문학의 현재를 보여주는 문제작〉, 올가 토카르추크 인터뷰, 최성은 역, 〈채널 예스〉, 2019.02.20.

땅의 숨결을
들으려면

책 속의 오래된 집은 외딴 마을에 있다. 그곳은 수도로부터 먼 변방에 있지만, 국민국가의 범주를 벗어나 바라보면 다른 세계와 가장 먼저 접한다는 점에서, 또 훼손되지 않은 인류의 본질을 간직하고 있다는 점에서 선두에 있다.*

중심이 아닌 변방에 인류의 본질이 있고 그리하여 그곳이 도리어 세계의 선두일 수 있다면, 우리는 한국의 어느 변방에서 그 본질을 찾을 것인가? 토카르추크의 여자가 한국을 말한다면, 여자는 어디로 향했을 것인가?

아마, 여자는 이곳으로 왔으리라.

아직 훼손되지 않은 숲의 목소리가 존재하는 섬으로.

4.3과 강정이 만나고 부딪히는 섬으로.

그 섬의 이름은 제주이고, 제주는 농촌과 도시, 자연과 인간, 역사와 현재가 교차하는 접경이다. 어딘가에선 새 공항을 짓겠다 하고, 어딘가에선 미국 핵잠수함이 몰래 입항하는 곳. 어딘가에선 더는 파괴를 두고 볼 수 없다며 텐트 치고 밤샘하며 숲을 지키는 무모한 자들이 존재하는 교착지.

---

* 나의 연극 연출자 선생은 강정이 '선두'에 있어서 외로운 것이라 했다. 이와 마찬가지로 문장의 '선두'에 오는 구두점은 외로우리라. 그리고 당신이 외롭다면, 당신은 선두에 있는지도 모른다.

기억하는가.

어느 날 먼 나라 예멘에서 전쟁이 일어나, 수백 명의 예멘 사람들이 바다 건너 이곳까지 온 적이 있었다. 그때 이 땅의 누군가는 즉시 베트남 보트피플을 떠올렸고, 그와 동시에 한국전쟁을 떠올렸으며, 한국의 난민을 구해주고 보트피플을 받아주었던 미국 사람들처럼 우리가 받았던 것을 돌려주어야 한다고 했다. 또 이 땅의 누군가는 그들이 질서를 어지럽히고 여자를 강간하며 잘못된 종교를 전파하리라는 믿음에서 난민 반대 집회를 열었다.

사실 난민은 난민조차 아니었다. 왜냐하면, 이 나라에서 법적으로 난민이란 이름을 받는 데는 아주 오랜 시간이 걸리기 때문이다.

그때 나는 그들이 임시방편으로 머물고 있는 호텔에 가보았다. 그들이 섬에 도착한 바로 다음날이었다. 이름만 호텔인 모텔이었고, 눅눅한 지하에는 무덤과도 같은 공동 식당이 있었다. 이 식당이 그들의 광장이자 기자회견장이었다.

죽음을 무릅쓰고 여기까지 온 검은 남자들은 그 누구에게라도 고향의 소식을 전달하려 했다. 이 세상에서 고향 잃은 자에게 스마트폰은 생명의 배였다. 거기 모든 폭력의 증거와 연락처와 가족사진이 있었다. 그곳에서 그들은 페이스북과 트위터로 소식을 발신했다.

방송사에서 취재를 하러 왔다. 촬영자와 기자는 지하를 쓱 둘러보고는 비밀회의를 하더니, 1층으로 다시 올라가 급하게 지하로 내려오는 장면을 연출했다. 촬영자는 의자에 올라가 신처럼 땅을 굽어보며 예멘 사람들이 내민 손을 찍었다. 그 손에 든 스마트폰에서는 그들의 고향이 영원히 폭격되고 있었다. 기자는 영어를 하는 남자에게 지금 머무는 방을 보여달라고 했다. 그가 답하자마자 엘리베이터를 타고 우르르 올라갔다.

이들은 전쟁의 이미지를 연출하고, 난민의 이미지를 연출하고 있었다.

촬영자는 신발을 신고 방 안으로 성큼성큼 들어갔다. 그는 손짓으로 짐 가방을 보여달라고 했다. 가방 속에 가족사진이 있었다. 기자는 가방을 다시 닫게 했다가 열어서 사진을 꺼내는 장면을 연출했다. 촬영이 끝나자마자 그들은 서둘러 떠났다. 누구보다 먼저 특종을 보도하기 위해서였다.

나는 누런 장판 위에 남은 회색 발자국을 보았다.

그날 어느 예멘 남자와 같이 밥 먹은 일을 기억한다. 그도 다른 예멘 사람처럼 무슬림이었다. 밤 아홉 시에 고기집이 아닌 식당을 찾아 헤매다가 횟집에 간 일*도 기억한다. 그 사람 이름 하나 기억하지 못하면서 그가 경영학 대학원생이었다는 사실은 기억한다. 그는 예멘이 아름다운 나라라고 했다. 그 아름다운 나라의 대학 건물에 폭탄이 터지는 영상을 보여주면서.

그는 난민 지위를 받고, 일자리를 얻어 돈을 벌고, 공부를 하고 다시 조국으로 돌아가는 미래를 그리고 있었다.

---

* 무슬림에 대한 나의 무지. 그는 회를 먹지 못했다.

여자는 왜 모래로 쓰는가

나는 한국의 텔레비전이 광화문과 제주 시청 앞에서 열린 난민 반대 집회를 보여준다는 것을 알고 있었다. 텔레비전은 많은 제주 사람들이 난민에 대한 공포로 외출을 하지 못한다고 말하고 있었다. 나는 그 뉴스가 하나의 허구임을 알았다. 그러나 다수가 믿는 허구는 현실이 된다는 것도 알았다. 그러나 그 생각을 그에게 말하지 않았다.

당신은 아는가.

텔레비전이 더 자극적인 서사를 찾아 말하기 시작하면서, 우리는 이 모든 것을 서서히 잊어갔다.

이제부터는 텔레비전이 말하지 않은 이야기이고 나는 이것을 안다.

그때 이 땅의 누군가는 타자에 대한 두려움을 잊은 채 그들에게 한국말을 가르치고 머물 곳을 내주었다. 그들 중 누군가 이곳 여자와 사랑을 했고 결혼을 했고 가족이 되어 예멘 음식을 파는 식당을 열었다. 그리고 강물처럼 세월이 흘렀다.

마침내 우리는 모든 것을 잊었다. 그들이 어디에서 어떻게 왜 왔는가를 잊었다. 어느 날의 어떤 국경을 건너 우리에게 사랑은 도착하는지, 제주 북쪽 바다에 면한 옛 도심의 식당에 어찌하여 뜨거운 살타**가 한 솥 끓고 있는지를 완전히 잊었다.

** 구운 고기를 야채, 향신료와 함께 뭉근하게 끓인 예멘 전통 스튜.

이 섬의 이야기는 현기영의 고전적인 리얼리즘 소설일 수도 있었지만 이방인의 논픽션, 르포르타주, 시나리오, 여행기일 수도 있었다. 나는 이 모든 장르들이 뒤얽혀 있는 섬을 보았는데, 어떻게 내가 그것을 볼 수 있었겠는가? 나 역시, 일제강점기 일본인들이 이 땅에 들여온 표고버섯의 포자와도 같은 이방인이었기 때문이다.

포자는 어디에도 기록되지 않는 제주도 이야기를 보았다. 포자는 오랜 세월 수난당한 제주도 사람들이 배척하는 제주도 이야기를 보았다. 포자는 오랜 세월 수난당한 한국 사람들이 배척하는 제주도 이야기를 보았다.

그 이야기들은 바위틈으로 힘겹게 뿌리 내린 이 땅의 숲 곶자왈을 닮아 있었다.

그러므로 곶자왈을 말하려면 곶자왈의 형식으로 말해야만 하리라.

어느 날 예멘에 내전이 일어나고, 난민이 된 500명의 예멘 사람이 말레이시아로 갔다가 입국을 거절당하고 제주로 오게 된 이야기……. 텔레비전은 제주가 무사증 입국이 가능한 국제자유도시이기에 그들이 비자 없이 올 수 있었다고 보도했지만, 그 인과는 인간의 논리일 뿐이다. 우리가 우리 삶의 불가해한 비밀을 진정으로 말하려면 거기엔 꿈의 논리가 필요하리라.

여자는 왜 모래로 쓰는가

별을 별자리로
잇는 것은

몇 년간, 나는 제주에서 숲 가까이 살았다. 그곳에서 나는 비로소 새의 시간을 이해하게 되었다.

새들은 동 트기 전 새벽 네 시 반쯤 운다. 새들이 울면 그 소리가 방 안에 들어찬다. 그래서 어떤 사람들은 새소리에 깨어난다.

한번은 이런 이야기를 들었다.

어느 숲속 마을의 도로를 넓힌다고 했다. 공사 전에 이미 환경영향평가라는 절차를 밟았다고 했다. 공무원들이 이 실험을 통해 증명하고 싶은 결과는 이미 정해져 있었다. 도로가 넓어져 차의 흐름이 빨라져도 새들은 죽거나 다치지 않는다는 것. 설령 사고가 일어난다 해도, 그 길에는 보존 가치가 있는 희귀한 동물이 거의 없다는 것. (여기서 생명의 보존 가치란 개체의 희소성에 의해 결정되며 그 가치 판단의 구체적 기준은 인간에게 있다.)

이 다음부터는 웃지 못할 희극이다.

그들은 공무원의 언어를 쓰는 인간들이었고 공무원 언어 사용자들은 새의 언어를 알지 못했다. 그러니까, 새가 언제 깨어나고 어디로 날아가는지 몰랐다. 그런데도 새의 언어를 배울 생각이 조금도 없었다. 도리어 새의 시간을 인간의 시간에 굴복시키려 했다. 그래서 인간의 법도에 따라 아침 아홉 시부터 조사를 했다.

누가 알겠는가? 공무원들은 새를 대상으로 아침 조례를 하거나 국민의례를 했을 수도 있다. 결국 그들은 새를 보지 못했다. 그리하여 그들의 문서 속에서 이 숲에 새는 없거나 아주 드문 것으로 보고되었다.

사실 그 숲에는 희귀한 새가 살고 있었다. 팔색조라고 했다. 그들은 혹시라도 팔색조가 나타난다면 더 좋은 숲으로 둥지를 옮겨줄 거라고 선언했다. 재개발지 주민에게 신축 아파트 입주권을 주겠다는 말과 같은 논리였다. 이사 비용도 안 받고 더 좋은 숲으로 둥지를 옮겨주겠다는데 새들도 좋아하지 않을까?

매우 혁신적인 발상이었다.

이에 대항해 숲을 지키겠다고 나선 이들은 주로 여자들이었다. 그들*은 숲속에 텐트를 치고 번갈아가며 밤을 지새웠다. 전기톱을 든 남자들 앞에서 나무를 끌어안고 죽이지 말아달라고 애원했다.

그것은 아마도 여자의 사랑이었으리라. 미친 여자의 미친 사랑이었으리라.

언젠가 나는 뒤라스의 책에서 미친 아시아 여자를 본 적이 있었는데, 그 여자가 바로 여기에 있었다. 그 사랑이 바로 여기에 있었다.

---

* 비자림로를 지키려고 뭐라도 하려는 시민 모임. 이것은 이 일시적 공동체의 이름이었고, 이 공동체는 지금도 번역되며 이동하고 있다. 번역자가 다른 언어로 말을 옮겼다 해서 그 출발어가 사라지지는 않듯이, 그들이 다른 곳으로 떠나간다 해서 그 출발지가 사라지지는 않는다. 이것은 사랑의 특성이기도 하다.

그럼에도 나무는 죽을 운명에 처했고, 죽을 운명임이 공 공연히 선포되었고, 그런데 왜 이별의 날에도 사랑은 포기 를 모르는가? 사랑은 왜 죽음 앞에 선 존재를 살려내려고 하는가?

그들은 나무 한 그루라도 구출하자고 했다.

참으로 어리석은 사랑이었다.

모두가 집에 있는 화분을 들고 왔다. 그중엔 사랑을 잘 모 르는 나도 있었다. 그리하여 재피나무가 내게로 온 것은 순 전한 우연이었고, 그후 나는 어린 나무와 살게 된다.

그리고 몇 해가 지나 성장한 나무를 두고 오래 살았던 집 을 떠난다.

집을 떠날 때, 나는 이제 저 나무와 헤어져야 한다는 사실 을 벼락처럼 알았고, 그것이 너무 큰 고통이었으므로 그 고 통을 잊었다.

재피는 봄이면 잎이 돋아나기 시작해 여름에 가장 무성 하게 자란다. 이곳 사람들은 된장에 재피 잎을 넣어서 먹기 도, 잎을 으깬 뒤 뜨거운 물을 부어 차로 마시기도 한다. 그 잎에서는 강렬한 여름의 박하향이 난다.

재피의 박하향.

그 향은 내게 이 섬과 여자를 알려주었고, 또 사랑을 알려 주었나니.

그러나 나는 아직도 사랑을 모르나니.

그리하여 사랑의 한복판에서, 아직도 사랑을 찾아 이토록 헤매이고 있는 것이리라.

토카르추크의 여자는 오랜 세월 책의 형식을 찾아 헤맸다고 한다.

여자는 소설 《방랑자들》에서 '별자리 소설'이라는 방법론을 세운다. 연속적이고 연대기적인 서사 형식이 사회의 복잡성을 더는 표현할 수 없다고 생각해서였다.

텔레비전 채널을 계속 돌리면서 보는 사람, 여러 개의 윈도우를 동시에 띄워놓고 스크롤하는 사람의 사고 과정을 말하려면 어떻게 해야 하는가. 우크라이나-러시아 전쟁과 가자지구 전쟁과 미국 트럼프 대통령의 당선과 한국 대통령의 계엄선언이 동시에 일어나는 세상을 말하려면 어떻게 해야 하는가.

여자는 링크와 태그, 이미지로 환승하는 현대인의 사고가 비행기 여행과 닮았다고 느낀다. 비행기 여행은 여행자가 풍경을 내다볼 수 있는 기차 여행과는 본질적으로 다르다. 그것은 자신이 어디로 가고 있는지도 정확히 알지 못하는 현대인의 이동이다.

한 지점에서 다른 지점으로의 초인간적 도약.

현대를 사는 사람은 비행기를 타듯 여러 관점을 비약하면서 세상을 이해한다. 하나의 링크에서 다른 링크로, 또 다른 링크로 이동하며. 여자는 세상의 수많은 사건들을 무수한 링크처럼 포착하고 독자가 이 링크들을 별자리처럼 연결할 수 있도록 쓴다. 그래서 여자의 서사는 파편적이며 유동적이며, 독자들은 같은 글을 읽고도 서로 다른 별자리를 그린다.[*]

여자는 왜 모래로 쓰는가

나는 여자의 별자리로부터 나의 별로 돌아온다. 예멘 난민과 나무 구출 작전이 동시에 일어나는 제주를 말하려면 어떻게 해야 하는가?

별들을 꼭 선으로 이어내야 할 필요는 없으리라. 별자리는 보는 이의 마음 안에서 생겨나는 사건일 테니.

다만 우리가 보이지 않는 별을 볼 수 있다면, 이 별들을 하나의 형식 안에 담아낼 수만 있다면, 우리는 다른 역사를 말할 수도 있으리라.

---

* 현대인의 인식적 분열을 어떠한 문학 형식을 통해 포착할 것인가? 《다정한 서술자》에서 '4인칭' '별자리 소설'을 발명한 작가의 사고를 엿볼 수 있다. 《다정한 서술자》, 올가 토카르추크, 민음사, 2022.

3부

죽음의 쓰기, 유령의 쓰기

김혜순

클라리시 리스펙토르

엘프리데 옐리네크

김혜순

1979년 《문학과지성》으로 등단. 시집 《또 다른 별에서》《아버지가 세
운 허수아비》《어느 별의 지옥》《우리들의 음화》《나의 우파니샤드,
서울》《불쌍한 사랑 기계》《달력 공장 공장장님 보세요》《한 잔의 붉
은 거울》《당신의 첫》《슬픔치약 거울크림》《피어라 돼지》《죽음의 자
서전》《날개 환상통》《지구가 죽으면 달은 누굴 들지?》 등을 펴냈다.
2023년 미국 전미도서비평가협회상, 2019년 그리핀 시 문학상, 2019년
루시엔 스트릭 번역상, 2012년 루시엔 스트릭 번역상, 2008년 대산문
학상, 2006년 미당문학상, 2000년 소월시문학상, 2000년 현대시작
품상, 1997년 김수영문학상을 수상했다.

더러운 힘,
불가능한 힘

내가 나의 죽음을 목격한다면

지하철을 타고 가다가 너의 눈이 한 번 희번득하더니 그게
영원이다.

희번득의 영원한 확장.

네가 문밖으로 튕겨져 나왔나보다. 네가 죽나 보다.

너는 죽으면서도 생각한다. 너는 죽으면서도 듣는다.

아이구 이 여자가 왜 이래? 지나간다. 사람들.
너는 쓰러진 쓰레기다. 쓰레기는 못 본 척하는 것.

지하철이 떠나자 늙은 남자가 다가온다.

남자가 너의 바지 속에 까만 손톱을 쓰윽 집어넣는다.

잠시 후 가방을 벗겨 간다.

중학생 둘이 다가온다. 주머니를 뒤진다.

발길질. 카메라 셔터를 누른다.

소년들의 휴대폰 안에 들어간 네 영정사진.

— 〈출근〉, 《죽음의 자서전》, 김혜순, 문학실험실, 2016.

아침의 지하도다. 한 여자가 쓰러진다. 늙은 남자가 주춤
주춤 다가와 여자를 뒤진다. 소년들이 주춤주춤 다가와 여
자를 뒤진다. 발길질한다. 아무렇게나 사진 찍는다.

여자는 쓰레기다. 쓰레기는 못 본 척하는 것.

쓰레기처럼, **너**는 바닥에 처박힌다.

시의 바깥에서 네가 죽어가고 있음을, 너의 죽음이 훼손
되고 있음을 증언하는 목소리가 있다. 그런데 목소리의 주
인은 보이지 않는다.

누구일까.

너를 불렀다면, 내가 있어야 할 텐데.

나는 보이지 않는다.

그러나, 보이지 않는다 해서 없는 것은 아니리라.

깜빡이는 병원의 형광등 불빛처럼. 나갔다가도 들어오고
들어왔다가도 나가는 간병인의 정신처럼. 퓨즈가 나간 영
혼을 보고 있는 나는 퓨즈가 나가 있으리라.

어느 날 네가 지하도에 쓰러져 시궁창에 처박힌 검은 별처럼 울 때, 차가운 침상에 누운 네가 가족의 곡소리를 들으며 어리둥절할 때에도, 퓨즈 나간 나는 그러나 다 보고 있으리라.

죽은 자만이 혼을 알아볼 것이니 나는 이미 죽음이리라.

다만 죽음으로 죽지 않고 죽음으로 살아 있어* 나는 자신의 죽음을 알리라. 그러나 이미 죽은 자에게는 더는 자신(自身)도 없으므로, 그때 나는 자신의 죽음이 더는 자신의 것 아님을 알리라.

아아, 내가 지하도에 쓰러진 날, 쓰레기처럼 버려진 나를 바라만 보았던 날, 그 몸이 더는 나의 것이 아니었듯이.

그 고통, 그 죽음마저 더는 나의 것이 아니었듯이.

너는 너로부터 달아난다. 그림자와 멀어진 새처럼.

너는 이제 저 여자와 살아가는 불행을 견디지 않기로 한다.

— 같은 시

그리하여 나는 네가 되었다.

---

* '죽음으로 죽지 않고 죽음으로 살고 있다'는 것은 김혜순의 여자가 주목한 여성적 글쓰기의 중요한 특성이다. 여자는 우리 신화 속 바리데기를 '죽음으로 살고 있는' 주체로 본다. 삶에서 죽음으로 건너간 자. 동시에 그 죽음 여행 끝에 다시 돌아온 자. 만약 바리가 죽음 세계로 가보지 않았다면 이 삶의 비의를 깨닫지 못했을 테고, 삶으로 돌아오지 않고 죽은 채로만 남았다면 자신이 죽었는지를 몰랐을 것이다. 사유는 언제나 안에서 바깥을 발명하는 데서 시작된다. 《여성이 글을 쓴다는 것은》, 김혜순, 문학동네, 2022.

죽음의 쓰기, 유령의 쓰기 — 김혜순

나는 너다.[*]

나탈리 사로트는 이와 같은 문제의식에서 《어린 시절》을 썼다. 사로트의 여자는 노년에 이르러 자신의 근원을 이루는 유년의 기억을 말하려 했다. 그러나 자신의 기억이란, 무수한 타자와의 만남으로 이루어져 있으므로 여자는 자신이 아닌 것들을 말해야만 했을 것이다. 오롯한 자신만의 기억이란 텅 빔 그 자체일 것이므로 여자는 종내 텅 빈 대합실과 같은 자신을 응시해야 했을 것이다.

나는 고독한 사로트의 여자로부터, 기나긴 회색 벽을 따라 걷는 한 여자[**]를 본다. 한 여자는 수천수만의 여자가 한데 어우러진[***] 징그러운 한 여자이므로, 한 여자의 모습 속에서 수천수만의 여자를 본다. 수천수만의 여자가 한데 얽혀, 걷고 있는 한 여자를 본다.

여자는 걷고 또 걷지만, 길은 하도 막막하여, 꼼짝없이 제자리에 서 있는 것만 같다.

여자는 울 것 같다.

여자는 남편이 있고 아이들이 있다.

그러나 여자는 울 것 같다.

여자는 집이 있다. 차가 있다. 돈이 있다. 그리고 새 연인도 있다.

---

[*] "시는 대상이 죽기 전에 시인이 죽는 기록일 겁니다. ……제가 생각하는 저의 죽음은 바로 '너'입니다. '내'가 죽으면 너가 되는 것이지요." 《김혜순의 말》, 김혜순(황인찬 인터뷰), 마음산책, 2023.

[**] 〈붉은 사막〉, 미켈란젤로 안토니오니, 1964.

[***] 〈히로시마 내 사랑〉, 알랭 레네, 1959.

그러나 여자는 울 것 같다. 여자는 막막한 인생의 여로에, 이 여로를 단념치 못하는 자신의 여자 앞에 울 것 같다.

당신은 무척 행복한 여자이군요.

......

말할 수 없음에 여자는 울 것 같다.

그러나 여자는 이 말할 수 없음을 버리지 않으리라. 말할 수 없음을 버리지 않는 힘은 사랑이고, 그러므로 여자는 사랑을 버리지 않으리라.

사로트의 책에서는 성년의 '나'와 유년의 '나'가 대화를 나눈다. 결코 화해할 수 없는 두 존재가 마주 보며 그러나 화해할 수 없음을 말한다. 김혜순의 여자 역시 쓰는 나와 쓰이는 나 사이의 자기차별성****을 문제삼는다. 나와 내 이름 사이의 자기차별성을 문제삼는다.

김혜순의 여자는 내가 너무 나인 곳에서 숨을 쉴 수 없다고 한다. 그래서 시라고 하는 세상의 구멍 같은 대합실을 만들어 그 속에서 잠깐 숨 쉰다고 한다. 그러니 그 속에서마저 인간이고, 정상인이고, 사회인이고, 현대인이고, 한국인이며, 시인이라는 이름을 지키려 애쓰고 싶지 않다는 것

**** '자기차별성'이란 나라는 존재와 내 이름이 동일하지 않음을 말한다. 예컨대 딸이어서 버려진 여자아이 바리데기. 바리데기의 '바리'는 지금 말로 쓰레기란 뜻이라 한다. 그런데, 그 아이가 쓰레기로 명명되었다고 해서 그 존재가 쓰레기라 할 수 있는가? 김혜순의 여자는 이름과 존재 사이의 틈새가 바로 시가 발생하는 장소임을 말한다. 《여성, 시하다》, 김혜순, 문학과지성사, 2017.

이다. 혼이 죽음으로 몸의 구속을 벗듯, 이름을 벗은 자리에 서야 존재의 진정한 모습이 드러난다는 것이다.

그리하여 김혜순의 여자에게 시 쓰기는 죽음 경험이다.

나는 늘 수상쩍게 생각했다. 1979년 이전에 씌어져서 소위 데뷔작이 된 내 시들, 〈도솔가〉, 〈월식〉, 〈담배를 피우는 시체〉로부터 내 시의 화자들은 왜 이승의 사람들의 목소리를 갖지 않았었는가. 몇십 년 전의 순간 속에 점멸했던 나들인 그들은 왜 나도 모르는 새, 유령의 목소리를 내었었는가. 내 얼굴, 내 살, 내 몸은 어디로 가버렸는가.
— 〈여성시와 유령 화자〉, 《여성, 시하다》, 김혜순, 문학과지성사, 2017.

김혜순의 여자에게 쓰기는 "나에게서 나를 떼어내어 분산시키는" 여정이다. 기꺼이 나를 버리고 너로 향하는 사랑의 여정. 지도 없이도 하늘을 날아가는 새들처럼, 그 순간순간의 항로가 여자의 몸이고 글이다.

이름을 버린 곳에서야
존재는 드러난다

어느 날, 이런 뉴스를 보았다. 조선소에서 일하던 한 남자가 조선소 데크 안의 새장처럼 작은 감옥에서 파업한다는 소식이었다. 남자는 철창을 용접해 스스로 자신을 가두었다. 일어설 수도 누울 수도 없는 사방 1m의 감옥 속에 그는 있었다. 화장실에 갈 수 없으므로 기저귀를 찼다. 한여름에도 밤에는 바닥의 냉기가 뼛속으로 스며들었다.

그러나 몸이 있어 고통이 있고, 고통이 있는 한 삶이므로.

진리를 알게 된 자에게 고통은 그저 어둠의 다른 이름이 아니라, 어둠을 찢고 솟는 흰 별이므로.

그는 별이 가득한 어둠이 되고자 했으리라.

한 기자가 생수병과 두루마리 휴지에 둘러싸인 더러운 새장을 보여주며 그의 비참을 보도했다. 그러자 사람들은 밤마다 그가 몰래 퇴근해 발을 뻗고 잘 거라고, 그의 고통은 거짓이라고 수군거렸다. 파업으로 인한 손실을 그가 배상해야만 할 거라고, 그게 세상의 공정과 정의라고도 했다. 어떤 사람들은 그가 혼탁한 세상에 나타난 민중의 성자라고 했다. 성자를 찾아간 순례자들은 그에게 악수를 청하고 기념사진을 찍었다. 또 어떤 사람들은 그가 전태일의 뒤를 잇는 열사라고 했다. 그가 이마에 두른 붉은 띠가 그 증거였다. 그를 둘러싼 그 무수한 이미지들은 또 하나의 감옥을 이루었다. 그리하여 남자는 이중의 감옥에 갇혀 있었다.

내가 그 갇힌 남자를 잊을 수 없게 된 이유는 그의 눈빛 때문이었다. 언젠가 동물원 우리 앞에서 나를 마주 보았던 원숭이의 서글픈 눈빛. 감옥에 갇힌 건 바로 당신들 아니냐고 인간을 힐문하는 그 눈빛.

왜 그런 눈빛으로 거기 있는가, 당신은.

회사가 수십 년 조선소에서만 일해온 숙련공들을 하루

아침에 용역업체의 하청으로 만들었기 때문이다. 해고의
불안 속에서 평소의 반값으로 일해야 했기 때문이다.

왜 떠나지 못했는가.

평생 그 일을 해오면서 다른 미래를 상상한 적 없기 때문
이다.

그들에게 저항의 언어가 아주 없지는 않았다. 그러나 그
언어는 바깥에서 주어진 것이었다. 자본의 자유와 노동자
의 자유, 자본의 희망과 노동자의 희망은 달랐다. 그들은 같
은 언어를 다른 뜻으로 쓰고 있었는데 사전은 자본에게 있
었다. 노동자들은 사전에 접근할 권리가 없었다. 그것이 오
늘날 노동자들의 어떠한 성명서나 결의문, 호소문도 바깥
세계에 가닿지 못하는 이유다. 제국의 언어를 쓰는 식민지
백성의 말을 누가 귀담아 듣기나 할 것인가? 그리하여 저
항을 시도했던 노동자들은 차가운 불에 덴 듯 알게 되었다.
자신의 존재 자체가 위반*이었음을.

그 남자는 하청이라 불렸다.

하청. 하청은 인간 이하다. 인간 이하의 짐승. 미천한 비
존재.

그런데 아이러니하게도 그가 새장에 자신을 가두고 파업

* 김혜순의 여자는 여성 시인들이 기성 질서의 발화 방식에서 자신의 존
  재 자체가 위반임을 깨닫는다고 지적한다. 나는 이러한 사유를 자본가
  와 노동자의 관계에 적용해보았다. 《여성이 글을 쓴다는 것은》, 김혜
  순, 문학동네, 2022.

하기 전까지 비존재의 모습은 인간의 눈에 보이지 않았다. 비존재의 목소리는 인간의 귀에 들리지도 않았다. 입 다물고 시키는 일만 해야 마땅할 하청이 감히 원청의 명령을 거스르고 일에서 손을 놓았기에 그제야 인간들은 그를 보았다.

하청노동자란 존재가 하청노동자란 이름을 버리고, 하청노동자로 규정되어온 자기 자신으로부터 벗어나는 일. 그럼으로써 이름 뒤에 숨어 있던 진정한 존재를 드러내는 일. 김혜순 식으로 말하자면 그는 몸으로 '시하고'** 있었다.

새장에 갇힌 지 31일째 되던 날, 남자는 앰뷸런스에 실려 갔다. 천장이 낮아 그동안 제대로 앉지도 눕지도 못했기에 근육이 약해져 바로 설 수도 없다 했다. 카메라는 들것에 실린 그를 보여주었다. 그의 눈은 새의 눈이었다. 새는 인간과는 다른 것을 보고 있었다. 새는 침묵의 말을 했다.

살고 있는가. 당신은 살고 있는가.

인간인 내가 한 번도 들어본 적 없는 말이었다.

카메라는 그가 머물렀던 자리를 보여주었다. 텅 빈 새장 한구석, 월화수목금토일 날짜를 셈하려 새겨넣은 바를 정 (正) 자 일곱 개가 있었다. 그가 한 달을 지내다 떠나갔기에 마지막 바를 정 자의 밑변 몇 개가 비어 있었다. 끝까지 적히지 못한 바를 정 자들. 그 글씨를 보자 내 안의 무언가 무

** 김혜순의 여자는 시가 몸으로 '하는' 관계 맺기이며, 이름과의 동일성을 거부하는 존재의 저항임을 말한다. "우리는 '사랑하다'를 통해 동물의 몸, 벌거벗은 몸, 자연의 몸이 되지 않습니까? ······'사랑하다'는 나를 타자로 만듭니다."《김혜순의 말》, 김혜순(황인찬 인터뷰), 마음산책, 2023.

너져내렸다.

무엇을 지키려 했는가.

무엇을 지키려 그토록 매일 당신은 바를 정 자를 새겼는가.

그의 필적에는 쓰는 손의 잔상이 깃들어 있었다. 현실의 그의 육체는 병상에 있었지만 그의 존재는 여전히 새장 안에서 무언가를 쓰고 있었던 것이다.

그는 누구였을까.

투사, 열사, 노동자, 파업 노동자, 무단 점거자, 하청노동자……?

명명은 어렵지 않다. 그러나 명명의 순간, 존재의 몸짓은 지워져버린다.

그렇다면 이름의 감옥에 갇힌 존재를 어떻게 이름으로부터 해방시킬 수 있을까.

내가 나의 이름으로부터 벗어나는 일.

그리하여 나로부터 가장 먼 곳에서 나를 발견하는 일.

그것은 나의 오랜 질문이기도 했음으로 나는 김혜순의 여자에게서 이 물음에 대한 답을 찾으려 했다.

────── 더러운 흼을 백지 위에
초청하는 마음으로

그래, 사람은 행복한 곳에, 시 안에 서고 싶어 하지.

하지만 먼저 우리는 그녀가 지루하기 짝이 없는

자신의 노동을 내려다보는 걸

보아야 하지.

그녀는 자동차 휠 캡만큼 큰 공항 재떨이들을 파란 걸레로

닦고 있어.

작은 손으로 철제 재떨이를 돌리며 문지르고 헹구지.

그녀는 일을 느리게도, 빠르게도 아니고 강물 흐르듯 해.

그녀의 검은 머리는 새의 날개 같아.

나는 그녀가 자신의 삶을 사랑한다는 걸 한순간도

의심하지 않아.

나는 그녀가 그 찌든 때와 구정물에서 일어나

강을 따라 날아갔으면 좋겠어.

아마 그런 일은 일어나지 않겠지.

하지만 일어날 지도 몰라.

세상이 그저 고통과 논리뿐이라면, 그 누가 세상을 원하겠어?

— 〈싱가포르〉, 《기러기》, 메리 올리버, 민승남 역, 마음산책, 2021.

고향으로 돌아가는 대열에서 낙오한 흰 고니가

부산 야생동물 치료 센터에 왔다

얼굴에 흰 천을 씌우고

상한 날개를 잘라야 했다

날개를 자르자 흰 고니는 더 이상 먹지 않았다

하는 수 없이 눈을 가리고 주둥이를 묶고

그 사이로 미음을 집어넣었다(······)

죽음의 쓰기, 유령의 쓰기 ― 김혜순　　　　　　　　　**189**

어느 밤 엄마의 침대를 들추자

주둥이가 묶인 흰 고니가 누워 있었다

말도 못하면서 눈길로 애원했다

집으로 데려다 달라고

— 〈고니〉, 《지구가 죽으면 달은 누굴 돌지?》, 김혜순
문학과지성사, 2022.

작가라는 말의 어원에 '대리자'라는 뜻이 있다고 한다. 그러니 작가는 대신 말해주는 사람. 대신 말해주어서, 내가 몰랐던 내 아픔을 알게 하는 사람.

시를 읽고서야 알았다. 이 글자들 속에 내가 말하고 싶었던 것, 읽기 전에는 내가 말하고 싶은지도 몰랐던 것들이 있었다.

흰 천에 덮인 채 들것에 실려 간 조선소 남자는 김혜순의 고니를 닮아 있었다. 나는 남자가 꺾인 날개를 펼쳐 잔혹한 인간의 세상을 떨치고 날아가기를 바랐다. 그 마음은 신기하게도 메리 올리버의 시에도 담겨 있었다.

김혜순의 여자는 날개 다친 흰 고니와 병원 침대에 누운 엄마를 이미지로 연결하고 있었다. 날개가 잘리는 고통을 겪고도 말 못하는 고니와 집으로 보내달라고 말 못하는 엄마를, TV 화면 속 고니의 고독과 병원 CCTV 화면 속 엄마의 고독을 바느질하듯 잇고 있었다.

메리 올리버의 여자는 서정시 쓰는 나와 공항 화장실에서 변기 닦는 여자를 연결하고 있었다. 변기 닦는 여자와 강을 날아가는 작은 새를 연결하고 있었다. 서정시의 서정

은 메리 올리버가 살았던 프로빈스타운처럼 한적한 자연에만 깃든 게 아니었다. 발견할 힘만 있다면 서정은 공항 화장실에도, 변기 닦는 여자의 손에도, 여자가 움켜쥔 파란 걸레에도 있었다.

시인이 이미지를 구원하려 하자 여자의 검은 머리는 새의 날개가 되었다. 파란 걸레는 강물의 빛이 되었다. 작은 새의 날개가 빛으로 반짝였다. 시인은 서정시가 쓰일 법한 장소로 가서 시를 쓰는 대신, 자신의 시 속으로 생명을 초청하고 있었다.

두 여자 모두 자연이라는 외부를 관조하거나 초극하는 대신, 내면으로 끌어들여 그와 더불어 쓰고 있었다. 이러한 방식이 여성적 글쓰기의 큰 특성이라는 생각이 들었다.

걸레질 하는 여자, 반쯤 죽은 여자를 이미지로서 새롭게 발견하기.

그 여자들을 위대한 어머니로 섣불리 추앙하지 않기.

추앙함으로써 추방하지 않기. 대상을 나의 외부에 둔다는 점에서, 추앙은 또 하나의 추방에 지나지 않을 것이므로.

─────── 껴안으라고
여자가 말한다

버려진 여자를 너의 종이 위에서 조차 내쫓지 말지어다.
그 여자, 그 더러운 여자 짐승을 이곳에 머물게 할지어다.

죽음의 쓰기, 유령의 쓰기 ― 김혜순   **191**

그러면 세상에 갈 곳 없는 기억 같은 여자들이, 들끓는 쥐 떼 같은 여자들이 매일 밤 너의 글 속으로 찾아오고 또 찾아오리라.

그러면 처음 손바닥만 했던 너의 종잇장은 붉은 사막처럼, 푸른 바다처럼, 끝도 없는 광야처럼 펼쳐지고 또 펼쳐지리라.

그 종이 사막 속에, 그 여자들 속에, 언젠가 네가 있으리라. 버린 줄도 버려진 줄도 몰랐던 네가 있으리라.

껴안으라는 여자의 목소리를 들었다.

더러움을 껴안으라고. 더러움은 그저 더러움이 아니라 더러운 힘*이라고. 너의 더러운 힘을 힘껏 껴안으라고 여자는 말했다.

그런데, 더러운 힘을 시 속으로 어떻게 끌어들일 수 있나.

먼 곳으로 날갯짓하는 흰 새가 아니라 절뚝이는 먼지투성이 흰 새를 시 속에 들일 수 있나.

나는 답해야 했다.

나는 시를 썼고, 그 속에 무수히 많은 흰 새의 이미지를 썼는데, 그 중에 더러운 흰 새는 없었다고.

왜였을까.

나는 무의식적으로 백지를 멸균과 표백의 공간으로 가정

---

* 〈더러운 힘〉, 《지구가 죽으면 달은 누굴 돌지?》, 김혜순, 문학과지성사, 2022.

여자는 왜 모래로 쓰는가

했는지 모른다. 구원은 오직 맑은 흰 빛 속에 있다고 여기면서, 더러운 힘을 몰아냈는지 모른다. 나는 깨끗한 힘을 좋아하니까. 그 어떤 문명인이 그렇지 않겠는가?

나는 더러운 흰 새가 백지라는 나의 흰 방을 더럽히는 일을 미리 두려워하면서, 나의 가장 누추하고 아픈 시간들을 추방하고 있었는지 모른다. 나의 더러운 힘을, 나의 여자를 추방하고 있었는지 모른다.

나는 조선소 남자를 나의 백지 위로 초청하고 싶어졌다. TV 화면이라는 현실의 장소에는 구원이 없으므로. (현실에서 그와 나는 TV 출연자와 시청자로 이어져 있을 뿐이다. 그런 건 연결이라고도 할 수가 없다. 나는 그를 보지만 그는 나를 영영 보지 못하므로. TV는 또 하나의 철창 감옥이다.) 나는 변기를 닦는 걸레에서 푸른 물결을 발견하고, 걸레를 든 여자의 손에서 바다를 날아오르는 흰 새를 발견하는 것처럼 이미지를 발견함으로써 그를 구해내고 싶었다. 그의 버려짐을 구해냄으로써 나의 버려짐을 구해내고 싶었다.

글을 쓴다는 건 새로운 이름을 발명하는 일.

어떻게 해야 낡은 이름을 부수고, 새로운 이름을 호명해 존재를 일으킬 수 있나.

김혜순의 여자가 죽은 나를 너라고 명명했던 순간처럼, 내가 너를 부르자 그전까지 거기 있는 줄도 몰랐던, 버림받은 나의 여자들이 일제히 뒤돌아보던 그 순간처럼.

나는 쓰고 싶었다.

화면으로 갇힌 남자를 바라본 것은 나였지만, 그의 존재가 도리어 내 심연을 들여다보는 듯했던 감각을. 그 남자 자신도 몰랐을 그의 존재를 그에게로 되돌리는 방식으로 나는 응답하고 싶었다.

그리하여, 밤새 하나의 이야기를 생각했다.

이야기란 어디로도 갈 곳 없는 존재의 거처이므로. 누구도 함부로 빼앗거나 부술 수 없는 저항의 형식이므로. 그 어떤 압제자도 새의 노래를 금지시킬 수는 없으므로.

단 하나의 이야기를 생각했다.

이야기 속 남자는 흰 새였다. 그 새는 매년 추운 나라로 날아가야 하는 운명을 지닌 새였다. 그런데 인간들은 그를 가두고 곡예를 배우게 했다. 그리하여 그는 낮에는 인간을 위한 춤을 추고 밤에는 철창에 갇힌 채 형제들의 꿈을 꾸었다*.

새들은 지도 없이도 날아가고 있었다. 지도 없는 자들에게는 그들이 가는 길이 곧 자신의 지도였으므로.

새는 형제들을 떠올리며 밤새 울었다.

그때, 그의 곁에 그의 그림자가 있었다. 그림자는 자신의 주인을 견딜 수 없을 때에도 그의 곁이었으므로. 언제까지고 그의 곁에서 그의 울음을 듣고 있었다. 그러나 그는 그것을 알지 못했다.

---

* 이원수가 전태일을 보고 〈불새의 춤〉을 썼다고 이오덕은 말한다. 이 이야기에서 두루미는 인간에게 통제받는 서커스단의 다른 두루미들을 깨우치기 위해 불 속으로 뛰어든다. 나는 이 이야기로부터 다른 이야기를 만들어, 두루미를 **다시 살게** 하고 싶었다. 〈불새의 춤〉,《꼬마 옥이》, 이원수, 창비, 1990.

어느 날, 새의 그림자는 새를 떠나기로 했다. 그래야만 그 새가 비로소 자신을 보게 될 것이므로.

너의 날개를 보아라.

너의 고귀한 날개를 펼쳐 너의 빛을 떨쳐라.

그림자는 새를 일깨우려는 듯, 날개를 펼치며 죽음 같은 먼 바다로 뛰어들었다.

그리하여, 당신은 아는가.

언젠가 당신이 잠든 어느 밤, 인간의 감옥에 갇혀 슬퍼하는 흰 새가 있었고, 그를 위해 춤을 춘 그의 그림자가 있었다.

그 밤, 그 새의 그림자가 날개를 펼치고 당신 꿈속으로까지 날아갔던 일을 당신은 아는가. 그 그림자의 작은 발이 당신 이마에 발자국을 남기고, 그 날개의 더러운 흼이 어린 당신의 이마에 잠시 구원처럼 깃들었던 일을 당신은 모르는 듯 아는가.

───── 죽음의 강을
건네주는 자가 되어

나는 더러운 흼을 시 속으로 초청하는 마음을 오래 생각했다. 그 마음은 김혜순의 여자가 오래도록 천착했던 바리데기 신화와 이어져 있었다.

바리데기는 누구인가. 딸이라서 부모로부터 버려진 이름 없는 여자다. 그런데도 죽어가는 아버지를 살리겠다며 약수를 구하러 죽음 세계인 서천서역국으로 건너가는 여자. 그곳에 가서 남자를 만나 아이 낳고 밥 짓고 빨래하다가 자기 자신이 누구인지조차 망각한 어리석은 여자. 물 삼 년, 불 삼 년, 나무 삼 년, 고된 시집살이 끝에 자신의 허드렛물이 아버지를 구할 약수임을 깨달은 여자. 도처에 망각처럼 놓여 있던 '더러운 휨'이 다름아닌 구원의 이미지임을 알게 된 여자.

더러운 휨은 무엇인가. 그것은 여성, 짐승, 난민, 하청, 이방인, 비존재, 쓰레기를 의미한다. 말 못하는, 웅얼거리는, 언어화되지 못하는 소리를 의미한다. 바리가 저쪽 세계에서 깨끗이 빨지 못한 피 묻은 속옷의 얼룩을 의미한다. 기억에서 지워버린 나, 숨겨야 할 나, 죽은 나를 의미한다.

의식이 죽으면 존재의 테두리가 늘어나 나라는 경계가 흐릿해진다.* 그래서 꿈속에선 작은 것들도 자꾸만 커진다. 그리하여 언젠가부터 김혜순의 시에서 여자의 소매는 산맥처럼 펼쳐지며, 여자는 우리나라 전체의 그림자만큼 큰 치마를 입고 오호츠크해 기단을 따라 오천 마리의 들끓는 철새가 되어 난다. 내 존재의 테두리가 무한히 늘어나다 보

---

* 김혜순의 여자는 몸을 '생고기'라고 말하거나 경계를 '테두리'라고 말하는 식으로, 존재를 말에 새롭게 접속시킨다. 본래 명명이란 아버지의 권력이며, 이에 반하는 여자의 말놀이란 매우 정치적인 것이다. 여자의 목소리가 들린다. *다르게 말하라. 이름의 경계를 넘어라. '나'라는 개인의 경계가 흐릿해진 그곳에서 너를 구하라.*《않아는 이렇게 말했다》, 김혜순·이피, 문학동네, 2022.

면 나는 북극에까지 닿을 것이므로. 녹아가는 북극의 얼음과 죽어가는 산호초마저 내 고통의 일부일 것이므로.

날개 다친 고니가 아픈 엄마 몸에 스미고, 아픈 엄마 몸에 날개 다친 고니가 스미고, 시 쓰는 그녀 몸에 그들 존재가 스민다. 여자는 그들과 더불어 쓴다. 김혜순의 여자는 더불어 쓰는 실천으로서의 쓰기를 두고 '시 쓴다'가 아니라 '시 한다'고 말한다.

'시하기'라는 말에선 종이 위에 고정된 한 인간의 언어가 아니라, 새카만 구슬처럼 들끓는 쥐떼의 말이 보인다. 언제고 움직이고 있는 유목(遊牧)의 언어, 우글거리는 복수(複數)의 언어, 구슬처럼 흩어져 도처에 있는 산포(散布)의 언어.

바리데기 신화의 마지막에 이르러 아버지는 자신을 구해낸 바리에게 영토의 반을 주겠다 한다. 그러나 바리는 아버지의 땅을 받는 대신, 이쪽 세계와 저쪽 세계를 잇는 죽음의 강을 건너게 해주는 자로 살겠다 한다. 영원히 길 떠나는 자로, 기꺼이 죽음을 살겠다 한다.

나는 김혜순의 여자가 번역한 바리데기에게서 여성적 쓰기의 형상을 본다. 결핍의 수용이 아닌 결핍을 전복하는 응전의 쓰기. 아무데도 없으면서 어디에나 있는 유령의 쓰기. 자기도 모르게 터져나오는 울음 같은 구토의 쓰기. 기워 쓰고 이어 쓰고 다시 쓰는 바느질의 쓰기.

죽어가면서도 끝없이 퀼트 가방을 만드는 엄마가 나오는 여자의 시가 있다. 또 다른 시에서 그 엄마는 세상에 털실을 끌고 온 사람처럼 끝없이 끝없이 뜨개질한 가방들로 온 집 안을 채웠다.

그리고 그 엄마가 우리집에도 있다.

우리집 엄마는 퀼트 지도자 자격증을 취득한 퀼트의 지도자로 우리집 실, 바늘, 쌈지, 골무, 칼, 자, 가위, 초크, 짜투리 천, 레이스 등등의 다양한 사물들을 지도하고 있으며, 엄마의 지도 편달을 통하여 우리집에는 앞치마와 이불과 쿠션과 카펫과 깔개와 편지꽂이 등등이 탄생되었고 이는 곧 다른 가정에 선교 및 전파되었다.

특히 편지꽂이라는 희귀한 물건은 지구상에서 멸종 위기에 있는데, 왜냐하면 이제는 누구도 편지를 쓰지 않고 받지 않기 때문이다. 당신이 그렇지 않다면 멸종위기종이라 할 수 있고, 그게 아마 당신이 이 책을 기웃거리는 이유일 것이다.

이 사실을 알고 있는 자는 지구상에 많지 않다.

그러나 이것은 지구상 모든 가정의 진실이라 할 수 있다.

> 단지 따뜻한 옷을 입히려고 한정하는 문장으로 엄마를 규정할 수 없음을 생각하게 된다. (……) 엄마가 집의 가장 구석진 곳, 전등불 아래 어떤 내부에 새벽이 오도록 앉아 식구들의 외부를 직조하고 있었음을 생각하게 된다. 한 코 한 코 실을 감아올릴 때마다 직조되었다 사라져가는 풍경들을. 무너지는 엄마 안팎을 맴도는 서사들을.
> ─ 《않아는 이렇게 말했다》, 김혜순·이피, 문학동네, 2022.

엄마, 너는 왜 그랬지? 너는 왜 그래야 했지?

김혜순의 여자가 말한다.

내부 속에 외부를, 외부 속에 내부를 끌어들이던 엄마의 뜨개질. 무너짐 속의 일어섬, 일어섬 속의 무너짐을 무한 반복하던 엄마의 뜨개질.

여자의 텍스트가 바로 그곳에 있다고.

텍스트(text)는 직물(textile)과 같은 어원을 갖고, 그 단어들은 직물을 짠다는 뜻의 라틴어 'texere'에서 왔다고 한다. 그렇다면 쓴다는 것은 무엇인가? 바로 실을 잣고 옷을 짓는 일이다. 《백조 왕자》 이야기에서 한 소녀가 저주에 빠진 오빠들을 구하려고 옷을 지은 것과 마찬가지로.

그런데, 대체 그 모진 일을 누가 시켰는가?

누구도 시키지 않았다.

여자가 스스로 수난에 처한 것이다. 여자는 말없이 쐐기풀 옷만 짜다가 마녀라는 소문에 몰려 죽음의 위기에 처한다. 사실을 말하면 자신은 살 텐데, 사실을 말하면 오빠를 구할 수 없으므로 침묵을 지킨다. 그리하여 처형장에서조차 여자는 말없이 옷을 짓는다.

그렇다. 텍스트는 살려고 하는 것이 아니라 살리려고 하는 힘에서 왔고, 그것은 본질적으로 여성적인 것, 여자의 것이다.

클라리시 리스펙토르

1920년 우크라이나에서 태어났다. 생후 두 달 만에 가족과 함께 브라질로 이민을 가 대부분의 유년 시절을 북동부에서 보냈고, 이후 리우데자네이루로 이주했다. 이탈리아에 머물던 1944년 데뷔작 《야생의 심장 가까이》로 그라사 아랑냐상을 수상했고, 뒤이어 《어둠 속의 사과》 《단편들》 《G.H.에 따른 수난》 등을 발표했다. 또 《배움 그리고 기쁨의 책들》로 황금돌고래상을 수상했다. 세상을 떠나기 전 마지막 소설인 《별의 시간》은 1977년에, 《삶의 숨결》은 사후에 발표되었다. 작가로서의 생활고와 1967년 화재로 입은 화상의 후유증으로 정신적인 고통을 겪다가 1977년 난소암으로 세상을 떠났다.

불타는 부재의 편지

나의 이름으로 사는 그 여자를
나는 모른다

한때 나는 나의 명함에 적혀 있는 그 사람이었고, 내가 받은 우편에 적혀 있는 그 사람이었으며, 이 책에 적혀 있는 그 사람이었다. 언젠가부터 나는 내가 이름과 다른 삶을 살고 있음을 알았다. 나는 내가 세일즈맨이나 사진사, 카피라이터, 비서, 번역자, 타이피스트가 되리라고 생각해본 적이 없었다. 물론 투어가이드, 안내원, 전화상담원, 선물 포장원, 금붕어 사육자가 되리라곤 더더욱 생각해본 적이 없었다.

나는 도서관 열람실에서 숨을 어떻게 쉬어야 할지 고민할 만큼 도서관을 가지 않는 사람이었는데 어느 날 책을 정리하고 장부 쓰는 사람이 되어 있었다. 한번은 문서에 적힌 검수자 이름을 보고 놀란 적이 있다. 그것은, 다름아닌 나의 이름이었던 것이다. 자신의 얼굴을 사진에 맞춰가듯, 존재를 이름에 맞춰가는 것. 사람들은 그것을 사회라 부르는 것 같았다.

한때 내가 일하던 회사는 출판사라 불렸고, 옆 건물에는 점심마다 개를 산책시키는 내 또래의 개 산책자가 있었는데 그는 아무래도 디자이너인 것 같다고 사람들이 말했다. 왜냐하면 그가 디자이너라 불리는 집단의 사람들과 비슷한 모습을 하고 있었기 때문이다. 그는 정장을 입지 않았고 운동화를 신고 큰 백팩을 멨다. 나는 그의 레게 스타일 파마 머리가 통근 버스의 좌석 위로 솟아 있었던 까닭에 이따금 그를 보게 되었고 그가 사실은 비서임을 알게 되었다. 그는 자신도 그 이유를 알지 못하며 디자인 포트폴리오를 들고 입사했지만 지금은 사장의 말동무가 되어주고 있다고 했다. 대체 어떻게……? (세상은 언제나 우리의 이해를 초과하는 장소다.)

한때 내가 일하던 곳에서 저자는 선생님이라 불렸는데, 그들이 선생님이라면 나는 그들의 학생이었던 것일까? 사무실에 독자의 전화가 올 때면, 상대가 누구든 나는 그를 선생님이라 불렀는데 그들 또한 나를 선생님이라 불렀으므로 우리의 세상은 선생만 가득한 학교였다.

그렇다면 편집장은 누구였을까? 그녀는 나의 의뢰자였고, 검토자였으며 조언자이자 감시자였다. 한 가정의 아내였고 어머니였고 도시락을 싸줄 아내가 없었으므로 자신이 싸온 도시락을 먹는 여자였다. 나는 한때 가장 많은 시

여자는 왜 모래로 쓰는가

간을 함께 보냈던 한 여자를 이토록 알지 못한다. 하물며 스쳐간 다른 타인들은 어떠하랴……!

그리하여 나는, 나의 일생이 이니셜만 남은 텅 빈 등장인 물들로 채워지는 하나의 이야기임을 안다. 내가 누군가의 일생 엑스트라임을 안다.

이것은 리스펙토르의 주제이기도 하다.

이를테면, 《G.H.에 따른 수난》에서 G.H.라 불리는 그 여 자는 누구인가?

우리는 책이 끝나고도 G.H.가 누구인지 알지 못하며, 그 것을 G.H.조차 알지 못한다는 것. 어디 그런 거짓말 같은 이야기가 있단 말인지? 당신은 묻고 싶을지 모른다.

그러나, 당신은 자신이 누구인지 아는가?

당신이 누구인지 당신조차 모르는 것. 일생 동안 우리는 자기 자신이 누구인지 결코 알지 못하며, 자신을 알기 위해, 혹은 끝내 모르기 위해 벌이는 이 거대한 투쟁이 우리의 일 생이라는 것.

그리하여 리스펙토르의 여자는 묻는다.

고급 가방에 자수로 수놓아진 하나의 이니셜이기 위해, 사람들이 적당히 사랑해주는 행복한 여자이기 위해, 여자 의 행복한 이름이기 위해, 그 이름의 껍데기로부터 추락하 지 않기 위해 살아온 그 여자는…… 누구인가?

여자에게 사랑은
존재의 양식이 아니므로

> 상대의 구속을 허락하지 않고서 어떻게 자신을 남자와 엮
> 을 수 있겠는가? 그가 그녀의 육체와 영혼에 사방으로 벽
> 을 쌓는 걸 어떻게 막을 수 있겠는가? 어떤 것들에게 소유
> 당하지 않고 그것들을 가질 방법이 있을까?
>
> ──《야생의 심장 가까이》, 클라리시 리스펙토르,
> 민승남 역, 을유문화사, 2022.

이것은 하나의 수수께끼다.

한때 아내였고, 남편이 떠나자 아내라는 이름으로부터 추락하는 한때의 아내이고, 이제는 부인도 아니고, 가정주부도 아니고, 정혼자도 아니고, 딸이라 하기엔 늙었고, 처녀는 더더욱 아닌 것.

이것을 전 지구적, 무엇보다 전 인류적 수수께끼라 할 수도 있을 것이다.

나는 《야생의 심장 가까이》에 나오는 여자를 수수께끼의 차원에서 읽을 수도 있다는 말을 하고 있는 중이고, 내가 바로 그 수수께끼 여자다.

책을 한번 펴보라.

남자는 언제나 떠나고 있을 것이다. 그러면 여자는 사랑을 생각하기 시작할 것이다.

1. 왜냐하면 생각은 오직 불타는 부재로부터 시작되기 때

여자는 왜 모래로 쓰는가

문이다.

2. 왜냐하면 오직 자기 자신과 더불어 생각하게 된 자만이 진정으로 존재할 수 있기 때문이다.

3. 왜냐하면 여자에게 사랑은 존재의 양식이 아니기 때문이다. (그렇다면 여자에게 사랑은 무엇인가? 여자의 사랑이란 한 남자에게 영혼을 다 내어준 텅 빈 몸으로도 세계를 다 마셔버린 듯한 어머니의 충만함이다.)*

사랑하는 사람이 부재중일 때만 여자는 사랑을 생각할 수 있다는 것.

그렇다. 어쩌면 그것이 이야기의 전부다.

생각은 오직 부재로부터, 불타는 부재의 자국으로부터 시작되므로.

여자는 남자의 부재를 통해 비로소 자기 자신에게 가닿게 되리라. 자기 자신의 밑바닥에 이르러, 한때 "악(惡)이 삶의 소명"이라 여겼던 고독한 소녀를 마주 보게 되리라.

그런데, 가엾은 소녀여. 악이 소명이라니?

당신이 묻는다 한들 소녀는 대답하지 않고 오직 꿈만 꾸리라.

꿈꾼다는 것, 그것이 소녀의 반역일지니. 그것이야말로 모든 규범과 도덕과 질서와 사회에 대한 패악일지니. 그러

---

* 《야생의 심장 가까이》, 클라리시 리스펙토르, 민승남 역, 을유문화사, 2022.

죽음의 쓰기, 유령의 쓰기 — 클라리시 리스펙토르   205

나 세상에 꿈꾸지 않는 소녀는 없을지니. 이 세상 모든 소녀들의 악덕을 금지하려면 그들이 책상에 감춰둔 만화책과 소설책과 일기장을 모두 압수해 불태워야만 하리라. 그러나 아무리 불태워도, 금지된 생각을 하는 금지된 소녀들은 세상에 나타나고 또 나타나리라. 그것이 바로 불타는 책이 꾸는 꿈이며, 지금 우리가 그 꿈속이리라.

어디선가 책의 잠꼬대 소리가 난다.

아직도 너는 사랑 받음으로써 행복한 여자가 되려는 욕망을 내려놓지 못했니? 행복한 여자가 되려고 사는 동안 너는 내가 누구인지를 잊어버리지 않았니?

그래. 한때 여자는 아내였고. 행복으로 터져버릴 것 같은 행복의 여자였고. 행복이 터져버릴까 봐 불행한 불행의 여자였다. 행복과 불행. 그것들은 동전의 양면이었으므로. 행복의 뒷면에 불행은 존재했고, 불행의 뒷면에 행복은 존재했으므로. 행복과 불행은 서로의 배면이며 서로의 샴쌍둥이였으므로.

행복의 예감으로 불행했던 여자는 한때 소녀였고, '그래서 두 사람은 행복하게 살았습니다' 하고 동화가 끝날 때 행복 다음에 무엇이 오는지 질문하는 소녀였고, 선생님은 끝내 대답해주지 않았다.

이따금 여자는 침대에 누워 자신의 이름을 불렀다.

주아나, 주아나.

큰 목소리로 자신을 불러도 점점 더 대답을 듣기가 어려

       여자는 왜 모래로 쓰는가

워졌다. 육체는 같은 자리에 있는데 어떻게 자기 자신과 점점 더 멀어질 수 있는 것일까?

아아, 행복에 겨운 여자의 영혼이 행복으로 하얗게 파묻힌 것이다. 행복의 하얀 폭설!

하얀 행복의 폭설에 여자는 실종되었다.

————— 말은 사물을
소유하지 않으며
소유하는 방식이다

《야생의 심장 가까이》는 한 남자와의 결혼과 이별 속에서 자기 자신을 발견하고자 하는 여자의 이야기다. 이 책이 출간된 1943년의 브라질은 매우 보수적인 남성 중심 사회였다는데* 그 시대 남편과 결혼하기도 전에 써낸 여자의 첫 소설이 혼자 된 여자의 이야기라는 점이 의미심장하게 다가온다.

마치, 한 여자가 여자를 다 살아보기도 전에 모든 여자의 숙명을 예견하듯.

----

* 브라질은 1977년까지도 이혼이 합법이 아니었음에도 1959년 리스펙토르는 남편을 떠났다. 외교관의 아내가 아닌 작가로 살아가기 위해서였다고 한다. 《달걀과 닭》의 번역자 배수아는 역자 후기에서 리스펙토르의 삶에 대해 이와 같이 쓰고 있다. 《달걀과 닭》, 클라리시 리스펙토르, 배수아 역, 봄날의 책, 2020.

《야생의 심장 가까이》의 여자는 한때 딸이었고, 부모를 잃자 숙모에게 위탁되는 소녀였고, 도벽이 있어 숙모에게 마저 버려지는 고아였고, 한 남자를 사랑해서 결혼하게 되는 아내이자, 남편이 바람을 피우자 머지않아 맞바람 피우는, 한국말로는 이른바 상간녀*(?), 아무튼 남편과 헤어지자 아내라는 이름으로부터 추락하는 한때의 아내. 지구상 전 인류의 방정맞은 수수께끼.

여자를 규정하는 것은 이름이었다. 이름은 하나의 틀이었고, 틀이 여자의 삶을 지배했다. 세상은 틀 안에서의 삶을 행복이라 부르는 것 같았다. 행복은 여자가 느낌에 충실하기보다 이름에 충실하기를 요구했다.

여자는 이름이 아닌 존재를 발견하기를 바라면서, 정작 존재와의 대면을 미뤘다. *그를 떠날 거야.* 자기도 모르게 중얼거리다가, 그 중얼거림으로 모든 걸 덮어버리면서. *정말로 그를 떠날 수 있을 수 있을까? 그때까지 얼마나 더 많은 다짐이 필요할까?* 떠나기 전부터 여자는 지쳐버렸다.

그 책을 다시 펴보라.

여자가 남자에게 소유당하지 않으면서 사랑을 소유할 수는 없다.

여자는 사랑을 소유하기 위해 한 남자의 소유가 되었고, 그리하여 그 남자는 여자를 소유했으며, 여자는 자신을 소유한 남자를 소유한다고 믿음으로써 사랑을 믿고 있었다.

---

* 이러한 단어를 사용한 것에 대해 리스펙토르의 용서를 구한다.

여자는 왜 모래로 쓰는가

그런데 사랑은 누구의 소유인가? 대체 언제부터 사랑이 소유의 문제였는가?

이것을 답하려면, 먼저 보지 못하는 것을 보아야만 할 것이다. 알지 못하는 것을 알아야만 할 것이다. 사랑을 알지 못하던 사람이 어느 날, 사랑을 살게 되는 불가능함을 살아내야만 할 것이다.

그러니 사랑이여, 우리 한번 천천히 생각해보자.

세상에 불 피우는 사람이 나타났던 그 어느 오랜 옛날을. 어느 날, 그가 고기를 굽고 생선을 굽고 야채도 굽고 화전을 하고 울타리를 치고 벽을 세우고 지붕을 올렸을지니. 어느 날, 사랑이 더는 어디로도 떠나지 않고 가족을 만들고 부족을 만들고 마을을 만들었을지니. 어느 날, 문명은 시작되고 국가는 나타나며, 사랑이란 더는 개인 간의 결속이 아니라 결혼을 통해 완결되는 규약이 되었을지니.

그리하여 어느 날, 여자는 남자에게로 가서 기꺼이 소유당할 때에만 사랑을 소유할 수 있었으리라. 남자 또한 마찬가지여서 그가 원하든 원치 않든 사랑을 승인해야만 그것을 소유할 수 있었으리라.

리스펙토르의 여자는 묻는다.

서로 소유당하지 않는 사랑의 양식이 있는가? 사랑을 통해 자유로워지는 일은 어떻게 가능한가?

여자는 다름아닌 언어 속에서 그 가능성을 본다. 왜냐하면 사랑이 스스로 소유당하기를 허용함으로써 소유하는 양식이라면, 말은 사물을 소유하지 않으며 소유하는 양식이기 때문이다. 왜냐하면 말은 부재와의 놀이이기 때문이다. 그리고 생각은 언어로부터, 오직 불타는 부재로부터 시작되기 때문이다.

그리고, 그것을 당신은 이미 안다.

한때 당신은 소녀였고, 악이 소명인 소녀였고, 책에서 단어를 훔치는 소녀였고, 소녀가 가방을 엄마라고 부르면 그것은 엄마가 되었다.

엄마는 자궁처럼 불룩했고 동굴처럼 텅 비어 있었고 무덤처럼 쑥 들어가 있었고 자루처럼 가벼웠다. 외로운 소녀는 그곳에서 '야호!' 하고 외쳤다.

소녀가 비누를 엄마라고 부르면 그것은 엄마가 되었다. 엄마는 미끌거리고 부글거리고 옷장에 넣어둔 오래된 나프탈렌 냄새가 났다. 무릎처럼 닳았고 새처럼 줄어들었다.

소녀는 그것을 쓰다듬었다. 그러나 진짜 만질 필요는 없었다. 바라보기만 하면 됐다. 생각을 바라보기만 한다면.

그러면 부재는 현실이 되었다.

———————— 나는 내가 사랑이라
믿었던 사랑을 떠난다

리스펙토르는 우리가 스스로 잃어버린 말의 권능을 회복할 것을 우리에게 요구한다. 그 권능을 믿지 못한다면 여

여자는 왜 모래로 쓰는가

자의 글로 결코 들어갈 수 없을 것이다. 자신의 소녀를 결코 만날 수 없을 것이다. 언젠가 우리가 종이 위에 레몬 잉크로 쓴 글씨를 촛불에 비쳐보기 전까진 읽을 수 없었던 것처럼.

그래! 말에는 힘이 있었다.

그러나 그동안 나는 말의 힘을 믿지 못해 스스로 그 힘을 잃었다. 말을 믿지 못해 그토록 많은 말을 낭비하면서.

RE: 참조: 무더운 여름입니다.

귀사의 무궁한 발전을 기원. 가내 두루 평안하시길 빕니다.

다름이 아니라. 기대하는 바. 관련. 연계. 진행. 방향성. 다각도.

확대. 요청.

아무쪼록. 담당자. 결과. 토대. 검토. 잘. 부탁. 부탁. 기대. 기대.

건강. 삼가. 더위. 조심. 이만. 총총.

······말 속에서 말을 잃어가는 내가 보이는가?

무참한 말의 눈보라 속에 하얗게 파묻힌 나의 영혼이 보이는가?

그러니 말을 잃지 않기 위해 나는 내가 말이라 여겼던 말을 버려야만 할 것이다. 사랑을 잃지 않기 위해 나는 내가 사랑이라 믿었던 사랑을 떠나야 할 것이다.

이것은 《G.H.에 따른 수난》의 주제이기도 하다.

나는 종종 내가 쓰는 것이 내 생각인지, 혹은 그 어느 누구의 생각인지를 모르겠다. 독자 여러분은 어떠한가? 이따금 나는 내가 미래에 있을 누군가의 생각을 표절*한다는 생각도 한다. 내가 지금 당신 생각을 미리 빌려 쓰지 않았다고 그 누가 단언할 수 있으랴?

이쯤에서 영리한 독자인 당신은 **나**의 재등장에 당황했을지도 모르겠다. 여자의 이야기 속에 숨어 없는 척하던 내가 열심히 내 이야기를 하고 있으니 말이다. 여러분은 리스펙토르를 알고자 하는 것이지 이야기의 중개자에 불과한 나에게 별 관심이 없겠지만, 그래도 귀 기울여주기 바란다. 내가 없다면 이 글도 없으니까.

협박처럼 들릴 수도 있겠다. 그러나 진실이란 원래 듣기 쉽지 않은 법이고 나는 진실을 말하고 있다.

내가 없다면 이 글도 없고, 이 글이 없으면 독자 너도 없다는 것.

나는 지금 글을 중단하고 앞선 문장을 떠올린다.

말을 잃지 않기 위해 나는 내가 말이라 여겼던 말을 버려야만 할 것이다.

사랑을 잃지 않기 위해 나는 내가 사랑이라 믿었던 사랑을 떠나야 할 것이다.

아아, 독자여. 이제 알겠는가? 이 글은 쓰이는 동시에 읽

---

* 피에르 바야르는 《예상 표절》에서 여러 표절의 유형을 제시한다. 그에 따르면 우리가 일반적으로 표절이라 부르는 표절은 '고전적 표절'로 과거의 작품을 표절하는 걸 말한다. 바야르는 의문한다. 거꾸로, 미래를 표절하는 과거도 있지 않을까? 《예상 표절》, 피에르 바야르, 백선희 역, 여름언덕, 2010.

여자는 왜 모래로 쓰는가

히고 있으며, 나는 리스펙토르의 방식으로 리스펙토르의 글을 통과하고서야 리스펙토르를 대면할 용기를 얻은 것이다. 마치, 《G.H.에 따른 수난》에서 G.H.가 옷장 안에 숨어 있던 늙은 바퀴벌레를 대면하듯이.

하얀 거미 같은 여자의 글자들을 마침내 나는 더듬더듬 읽게 된 것이다.

그런데 리스펙토르의 여자를 읽으면 읽을수록 하얀 거미가 내 입 속에서 거미줄을 치는 광경이 보인다. 침묵의 하얀 거미가 소리 없이 흰 거미줄을 뽑아내고 이윽고 나는 하얗게 질린다.

무엇도 이해하지 못한 채 나는 말하리라. 무엇도 이해하지 못한 채 나는 사랑하리라. 무엇도 이해하지 못한 채 나는 병들고 죽어가리라.

이 고통에 관해 무엇도 나는 말할 수 없으리라. 그러나, 말하지 않는 한 고통은 말해지지 않으며, 말해질 수 없는 것을 여자는 말해야 하리라.

그러니 어떻게 말할 것인가?

나는 내가 알고 있다고 믿어온 말 속에서, 내가 알지 못했던 무언가를 새롭게 발견해야만 한다.

그 여정은, 한 여자가 잃었던 자기 자신을 찾는 여정과도 같을 것이다.

삶을 아는 여자가
삶을 사는 여자를 들여다본다

리스펙토르의 여자는 단어와 불장난하는 소녀이고, 그 소녀가 가방 속에서 부르는 유령 엄마다. 글 쓰는 여자이고, 그 여자가 쓰는 글에 나오는 여자다. 《G.H.에 따른 수난》에서 G.H.라 불리는 부르주아 여자이고, G.H.가 고용한 파출부 여자다. 바퀴벌레가 혐오스러워 부들부들 떠는 여자고, 그 여자가 두 눈을 감고 장롱 문짝을 쾅 닫으면서 죽여버린 바퀴벌레 여자다.

여자의 글에서는 줄곧 두 여자가 마주 본다. 삶을 아는 여자와 삶을 사는 여자. 여자의 글은 거울을 두고 마주 보는 두 여자의 투쟁이다.

삶을 아는 여자. 이 여자는 자신을 더 발견하기를 갈망하는 여자다. 이 욕망은 언어를 가진 여자에게 주어진 특권이다. 언어만으로는 불충분하다. 이를테면, 이런 요소가 더 필요하다. 생활을 영위할 돈. 자기만의 방. 그리고 남자로부터의 독립. 《G.H.에 따른 수난》의 G.H.가 그렇다. 이 여자는 교육받은 중산층 독신녀였던 리스펙토르 자신을 닮았다.

반대로 삶을 사는 여자. 이 여자는 자신을 발견한다는 게 뭔지도 모르는 여자다. 슬프게도 자신이 누구인지 질문을 던져본 적조차 없다. 여자에게 언어가 있었다면 자신을 이렇게 정의했으리라고, 리스펙토르의 여자는 말한다.

그 여자는 무언가를 느낄 때조차 자신의 바깥에 있는 소

외된 여자다.

그 여자는 어떤 여자인가?

《별의 시간》의 물라토 여자다. 태생적으로 가난하고 교육받지 못했으며 항상 노점에 서서 급하게 음식을 먹어치우는, 누구에게도 사랑받지 못하는 여자. 자기 직장동료와 바람피운 남자에게 차이는 순간에도 싸울 줄 모르는 불행한 여자. 그러나 불행이 불행인 줄 모르고 사는 여자.

또한 그 여자는 《G.H.에 따른 수난》에서 G.H.가 대면하는 옷장 속 바퀴벌레 여자고, 〈닭〉에서 식탁에 오를 일요일의 닭 여자다.

저기, 한낮의 바퀴벌레 여자가 당신의 옷장 속에서 흰색 알을 쏟아내며 죽어가고, 일요일의 닭 여자가 목이 잘린 채 살아서 당신의 마당을 뛰어가고 있다.

삶을 아는 여자가 삶을 사는 여자를 들여다본다. 우리가 무언가를 극도로 혐오할 때 그 혐오의 속성이 우리 안에 내재하고 있는 것처럼, 리스펙토르의 여자는 언제나 자기 자신을 발견하고자 한다. 바로 그 점에서 바라보여지는 자는 바라보는 자의 거울이 되어 그가 누구인지를 비춘다.

그래서 묻게 된다. 삶을 아는 여자는 삶을 사는 여자보다 더 행복한가? 혹은 더 불행한가? 자신이 누구인지 물을 수 있는 여자가 자신이 누구인지 질문조차 해본 적 없는 여자보다 더 나은 삶을 사는가?

행복과 불행, 본다는 것과 보지 못한다는 것, 삶을 지각한다는 것과 지각하지 못한다는 것, 글을 쓴다는 것과 글로서 나타난다는 것, 그것들은 동전의 양면처럼 근본적으로 같은 것인지도 모른다.

이것은 마치 작가와 모델 사이의 은유 같기도 하다. 나는 자신이 바라보는 바로 그것이며, 내가 바라보는 끔찍하고도 황홀한 바퀴벌레의 지옥…… 그것이 바로 내 삶이리라.

─────── 내 영혼은 광활하고
나는 나에게서 먼 곳에 있다

리스펙토르의 여자는 언제나 자기 자신을 발견하고자 한다. 자기 자신을 발견하고자 한다는 것은 자신이 그만큼 광활하다는 뜻일까.

나는 태평양처럼, 아프리카처럼 광활한 여자를 떠올린다. 뜨겁고 축축하며 광활한 여자의 영혼을 떠올린다. 그것은 바탐방, 바탐방을 중얼거리며 인도차이나를 맨발로 걷는 뒤라스의 여자를 닮았다. 엄마가 죽어가는 병실에서 내습하는 고통의 새떼를 따라 오호츠크해만큼 큰 치마를 입고 날아오르는 김혜순의 여자를 닮았다. 무거운 여행 가방을 들고 닿은 적 없는 가장 먼 나라로 기차를 타고 떠나는 배수아의 여자를 닮았다.

여자의 육체는 작고 가볍고 느리지만 여자의 영혼은 언제나 그것을 능가할 것이다.

여자는 왜 모래로 쓰는가

그리하여 만약 나라는 영혼이 태평양처럼, 아프리카처럼 광활하다면 그 영혼의 벌판에는 툰드라와 순록이, 찬 서리와 양치식물들이, 그밖에 한 번도 발견된 바 없는 나 아닌 미지가 가득하리라.

그러나 발견하지 않고도 여자는 살 수 있으므로, 발견을 중단한 채 그녀는 살았다. 산다는 것과 존재한다는 것은 다르므로 여자는 존재하지는 않은 채로 살았다. 그것은 삶이라기보다 생존에 가까웠을 것이다. 〈닭〉에서 인간의 식탁에 오를 운명을 피해 지붕 위로 피신한 닭처럼. 푸드덕거리며 갑자기 알을 낳는 바람에 잠시 목숨을 부지하지만 머지않아 일요일의 식탁에 오를 그 암탉처럼. 혹은 그 암탉을 바라보는 고통처럼.

물론 여자에게 이따금 생각이 찾아오는 때도 있었으리라. 왜냐하면 어느 날, 창밖의 반짝이는 별빛을 보고 여자는 무심코 통증을 느끼기 때문이다. 왜냐하면 여자의 영혼의 검은 벌판에도 검은 별이 떨리고 있기 때문이다.* 생각한다는 것은 세계로부터 내 안의 무언가가 나도 모르게 조응하는 일이기 때문이다. 그러므로 여자는 언젠가 깨닫게 되리라. 자신의 내부에 외부가 가득하다는 것을. 그러므로 자신은 너머에 있고, 또 도처에 있다는 것을.

리스펙토르의 여자는, 여자를 살기도 전에 여자를 알았

---

*   《별의 시간》, 클라리시 리스펙토르, 민승남 역, 을유문화사, 2023.

던 것일까.

마치 쓰기도 전에 이야기가 이미 존재하고 있었던 것처럼. 작가란, 이미 존재하고 있는 이야기를 종이 위에 받아적을 뿐인 존재이기에……?

시작되기도 전에 여자는 알았다. 아이를 낳기도 전에. 결혼을 하기도 전에. 여자를 살기도 전에 이미. 마치 수천 년 전부터 살아왔던 여자처럼. 문명이 시작되기 전부터 살아왔던 여자처럼.

그것은 어떻게 가능했을까. 수천 년 전을 살았던 여자가 동시에 지금을 산다는 것은?

나는 궁금했었다.

〈히로시마 내 사랑〉에서 당신은 수천의 여자가 어우러진 것처럼 생겼어요, 하고 한 남자가 말할 때.《G.H.에 따른 수난》에서 G.H.가 15세기 동안 나는 투쟁하지 않았다고 말할 때. 15세기 동안 나는 죽이지 않았고, 죽지 않았고, 그러다 나는 사막에 있었고, 나는 구리와 주석의 시대에 서 있다고 말할 때. 어떻게 그것은 그저 궤변이 아니며, 한 여자가 어떻게 15세기를 살아온 여러 여자가 어우러진 여자일 수 있는지 궁금했었다.

어떻게 가능한가. 수천 년 전을 살았던 여자가 동시에 지금을 산다는 것은?

리스펙토르의 여자는 이렇게 답하리라.

우리는 우리 자신이 알고 있는 것보다 많은 것을 이미 알고 있기 때문이다. 배운 적도 없이, 인간은 사랑을 알기 때

여자는 왜 모래로 쓰는가

문이다. 우리의 몸 속 깊은 동굴 안에 고대인의 언어로 그
것은 적혀 있기 때문이다. 아직 사랑임을 모르는 사랑처럼,
그 문자는 당신에게 해독되기를 기다리고 있을 것이다. 빛
이 드는 순간 영원히 사라지고 말 삶의 비의처럼.

　아마, 여자는 사랑이 시작되기도 전에 사랑을 알았던 것
같다. 삶이 시작되기도 전에 삶을 알았던 것 같다. 그래서
《별의 시간》에서 우주는 아직 시작되지 않았다고 쓸 수 있
었으리라. 그러니 삶이 시작되지 않았다고도 쓸 수 있었으
리라.

　리스펙토르는 세상을 떠나기 얼마 전 1977년 2월, 생애
유일한 텔레비전 인터뷰에서 이렇게 말했다. "지금 나는 죽
었다. 내가 다시 태어날 것인지, 그건 앞으로 보게 될 터이
지만, 지금 나는 죽었다……. 나는 지금 무덤 속에서 이 말을
하고 있다."

　〈달걀과 닭〉에서는 또 이렇게 썼다. 여자는 아주 늙었을
때 달걀의 관리인이 되었고, 자신이 죽자 사람들이 그 달걀
들을 거두어갔다고……. 하나의 달걀을 너무 오래 바라보았
고, 그 일은 나를 잠에 빠지게 만든다고.

　당신이 그 책을 펼치면, 언제나 키친 테이블에서 달걀을
바라보다가 잠들고 마는 리스펙토르의 여자가 보일 것이
다. 여자는 언제나 처음인 것처럼 죽기 시작할 것이다. 이미
죽었는데, 자신의 죽음을 모르는 여자처럼, 당신이 책을 펼
치면 다시 처음인 것처럼 죽어갈 것이다.

어렸을 때, 나는 이미 끝을 알고 있는 이야기를 반복해 다시 듣기를 좋아했다. 이야기 속에서 죽어간 자들은 언제나 다시 살아났고, 다시 처음인 것처럼 죽어갔다. 이미 끝을 아는 데도 왜 우리는 다시 알고자 하는가? 여자는 이미 죽었는데 왜 다시 죽는가?

여자가 죽기도 전에 이미 죽었다면, 이미 무덤 속에 있었다면, 그 말을 듣는 우리는 아직 태어나지 않은 것인가?

……시작되지 않았다.

만약 내가 생겨나기 전에, 나의 부모가 생겨나기 전에, 부모의 부모의 부모의 부모의 부모가 생겨나기 전에, 문명이 생겨나기 전에, 인간이 생겨나기 전에, 지구상에 최초의 생물체가 생겨나기 전에, 바다가 생겨나기 전에, 지구가 생겨나기 전에, 우주가 생겨나기 전에…… 우리가 이야기의 근원을 향해 거슬러 올라간 자리에서 만약 이야기의 시작을 찾을 수 없다면. 시작이라 여겼던 시작 이전에 시작이 있고, 시작의 시작의 시작이 있음을 알게 된다면, 그리하여 시작이 영원히 끝나지 않는다면.

리스펙토르의 여자는 누구나 알고 있지만, 깨닫지 않으려 하는 그 오랜 앎을 쓰고자 했던 것 같다. 그래서 여자의 자각은 인간의 기원 전후를 넘나든다. 집 안의 버려진 옷장 안에서 짜부러진 바퀴벌레를 마주 보면서 여자는, 그 속에 오고 가는 수천 년의 시간을 본다. 그래서 여자는 사건을 전개시키기를 포기한다. 명확한 사실을 말하는 목소리이기를 포기한다. 보다 중요한 것은 사건 자체가 아니라

이 한순간—틈새의 시간이고 확고한 목소리들 사이의 중얼거림이기 때문이다. 그 속에 삶을 관통하는 비밀이 있기 때문이다.

인간의 생각이 닿을 수 있는 한계까지 가닿았을 때, 마침내 다다른 그 원시에서 여자는 너무 멀리 나아간 나머지 자신을 망각하는 데까지 이르렀던 것 같다. 그러자 여자는 그 망각이 자기 자신의 일부임을 알게 된다. 마치 사랑 속에서 사랑을 망각한 여자처럼.

너무 사랑한 나머지 사랑을 망각했다는 뒤라스의 말을 나는 오랜 시간 이해할 수 없었다. 그러나 리스펙토르를 읽는 동안, 내 안에서는 뒤라스와 리스펙토르의 대화가 일어났고, 그 말들은 뒤섞였으며 나는 이제 그 말이 누구의 것인지 확신하지 못한다.

히로시마에서 결코 잊을 수 없다고 여겼던 그 참혹한 전쟁을 인간이 끝내 망각한 것처럼, 그래서 팔레스타인에 우크라이나에 전쟁이 다시 일어나고 또 일어나는 것처럼. 결코 잊을 수 없다 여겼던 그 참혹한 이별을 연인이 망각해, 끝내 사랑이 다시 시작되는 것처럼. 무섭도록, 이야기는 아직 시작되지 않은 것이다.

엘프리데 옐리네크

1946년 10월 20일 독일 슈타이어마르크 주 뮈르츠추슐락에서 출생하
여 빈에서 자랐다. 대학에서 연극학, 미술사, 음악을 공부하면서 발표한
작품들로 일찍부터 주목받기 시작했으며, 빈, 뮌헨, 파리 등지에서 시
인이자 극작가, 소설가로 활동해왔다. 주요 작품으로는 《내쫓긴 자들》
《미하엘》《연인들》《욕망》《피아노 치는 여자》 등이 있다. 1986년 하
인리히 뵐 상을, 1987년 슈타이어마르크 주 문학상을 수상했고, 현재
독일문단에서 가장 많은 쟁점을 불러일으키는 문제작가로 평가받고
있다. 2004년 노벨문학상을 수상했다.

포르노그래피 여자의 서

포르노그래피의 남자,

그 남자는 식민지 군인을 닮았을 것이다

어느 날, 나는 심야의 텔레비전에서 침대 위의 벌거벗은 한 여자를 보았다. 그 속에서 여자는 구멍이었고 오직 구멍으로 존재하고 있었다. 자신이 구멍이었던 적 있는 모든 존재는 여자이므로, 나는 그것을 한 눈에 알아보았다.

여자는 침대만 있는 방에 홀로 앉아 있었는데, 혼자서는 결코 일어서지 못하는 그 모습이 어찌나 참혹하고 고독했는지, 마치 두 다리가 없는 여자처럼 보였다. 그러므로 여자는 발이 없는 세이렌이었다. 반은 인간의 몸이고, 반은 물고기의 몸을 한 반인반수.

그렇다.

여자는 기다렸다.

《단순한 열정》의 한 여자가 울리지 않는 전화만을 기다리듯이.

《연인》의 한 여자가 자신을 다 내어놓는 열정만을 기다리듯이.

《피아노 치는 여자》의 한 여자가 오직 사랑만을 기다리듯이.

여자는 기다렸고, 태어날 때부터 기다려온 것처럼 기다렸으며, 기다림은 모든 여자의 숙명일지 모른다.

그러나 내가 보고 있는 이것은 포르노그래피이고 여자는 기다림의 목적을 필요로 한다. 존재 자체가 기다림인 여자는 존재의 목적을 필요로 한다. 남자의 욕망에는 결핍이 있고, 결핍은 채워져야 하며, 채워지기 위한 구멍이 있고, 사실 이 모든 것은 구멍의 욕망에서 비롯되었다는 시나리오의 목적.

아마도 이 시나리오의 최초 개발자는 자신의 폭력성을 어딘가에는 써야만 하는, 그러나 먼저 죄를 짓고 싶지는 않은, 매우 불안하고 또 불안한 남자였으리라. 그의 설정에 따르면 여자는 남자를 기다렸을 테지만, 기다리기 위해 벌렸을 테지만, 정말 그뿐일까?

문명이 시작된 이래 인류의 가장 오래된 책인 성경이 여자를 식민지로 규정한다.

성경에 따르면 태초에는 말씀이란 것이 있었다. 그것이 어느 누가 기록한 말씀이었는지는 모른다. 아무튼 일찍이 세상에는 말씀이 있기를, 여자는 남자의 갈비뼈를 떼어 만든 두 번째 인간이라 했다.

여자는 왜 모래로 쓰는가

그리하여 여자는 남자로부터 왔고, 남자보다 결손된 남자의 타자였으니, 자신과 같은 세상 모든 타자에 대한 불경한 호기심을 품었다. 그리고 그 호기심은 최초의 남자를 타락으로 이끌었다. 타락은 결코 남자가 원한 것이 아니었다.

나는 이 오랜 이야기에서 포르노그래피의 원형을 본다.

포르노그래피는 이야기이고, 무엇보다 타자에 대한 통제와 지배, 징벌을 통해 쾌락을 느끼는 문명인 남자의 이야기이기 때문이다.

그리고 이것은 사드의 소설이나 SM 플레이의 스토리일 수도 있겠지만, 무엇보다 식민지 군인의 이야기를 닮았다.

식민지는 일제강점기에만 있었던 것이 아니고, 콜럼버스가 미국 대륙을 발견했을 때만 있었던 것이 아니며, 이것은 그리 단순한 문제는 아니다.

언젠가 나는 모로코를 여행했을 때, 교육받은 모로코 사람들이 여전히 프랑스어를 공적 언어로 쓴다는 사실을 알게 되었다. 그들은 프랑스어 신문을 만들고 읽는다. 그 일을 하게 하는 자는 프랑스 지배층이 아니라 모로코 지배층이다. 식민은 끝난 지 오래였지만 그들 안의 지배자는 남아 있었고 누군가는 그 시절을 그리워하기까지 했던 것이다.

카사블랑카에서 내게 집요하게 말을 걸어오던 검은 남자는 짧퉁 리바이스를 입고 있었다. 나는 그를 피해 콜로니얼 풍의 모로코 식당으로 들어갔고, 흰 정복을 입은 검은 남자들이 일하는 그곳에서 복제된 모딜리아니를 만났다.

마찬가지로 베트남에서 나는 갓 구운 바게트에 구운 고

기와 절인 야채를 넣은 샌드위치—반미에 잔존하는 애증의 프랑스를 보았고, 그것은 한국에 잔존하는 일본 같은 것인지도 모른다. 유니클로를 불매해도 우동과 닥꽝은 남고, 그것들을 다 불매해도 할머니의 시세이도 분첩은 남는 것. 미츠코시 백화점이 문 닫은 자리에도 신세계 백화점은 길이길이 남을지니.

또, 일본에 송이버섯을 들인 사람들은 삼국시대의 한국인이라 하는데,* 한국에 표고버섯을 들인 사람들은 일제강점기의 일본인들이고, 나는 오늘날 제주의 산간지에서 남미의 노동자 남자들이 재배한 표고버섯을 먹으며 질문한다. 이 버섯은 식민지의 하인일까, 생태계 교란종일까? 나는 남미의 노동자를 착취하는 자본주의 시스템의 일원일까, 혹은 그 시녀일까?

그렇다.

나는 어느 쪽도 아닌 그 모두이리라.

다국적 자본 메타의 로고 ∞를 혐오하면서도 인스타그램 스토리에 나이키 러닝 기록을 올리는 유저라고나 할까. 나의 소설가 친구는 인스타그램 추천으로 산 상황버섯 쌀을 추천하고, 그것은 상황버섯 물을 들인 쌀이 아니라 유기농 현미에 상황버섯 균사체를 특허 공법으로 수백 시간 배양한 쌀이라고 하는데, 현미에 버섯을 배양하다니 이러한 에이리언을 어떻게 받아들여야 할지 제정신으로는 모르겠고, 이런 일들

---

* 《세계 끝의 버섯》, 애나 로웬하웁트 칭, 노고운 역, 현실문화, 2023.

이 너무 자주 일어나서인지 내 정신은 항상 포털에 있다[**].

아마 나는 편향 학습된 AI처럼 종주국에 산다고 믿는 식민지 백성이리라.

─────── 사랑하기도 전에
         이미 폐허라는 것

당신은 알리라.

태초에 사물이 있었다. 그리고 말이 있었다. 최초에 그것은 의미가 없는 소리 또는 부호에 가까웠을 것이다. 그런데 어떤 사람이 말과 사물을 접속시켰다. 남자를 남자라 부르고, 여자를 여자라 부른 것이다.

그때부터는 말만 해도 됐다. 인간은 생각만으로 사물을 불러올 수 있었다.

그러자 말은 곧 사물이 되었다.

그러자 말과 사물 사이의 거리는 차츰 망각의 불 속으로 던져졌다.

그러나 지금 내가 독자, 당신을 볼 수 없다 해서 당신이 없다고 말할 수 있겠는가.

당신을 믿지 못한다면 나는 무엇도 말할 수 없으리라. 당

[**] 퍼트리샤 록우드는 맨날 트위터 하던 여자고, '정신이 포털에 있는' 여자의 이야기를 트윗 하듯 썼다. 《아무도 이런 이야기를 하지 않는다》, 퍼트리샤 록우드, 김승욱 역, RHK, 2024.

신과 나 사이가 그러하듯이 말과 사물 사이의 거리, 이 거리는 심원하게 그러나 분명 존재하는 것이다.

들리는가.

나는 옛날 옛적 다니자키 슌타로가 말한 이십억 광년의 고독 속에서 야호를 외치는 중이다. 그러니 이 소리는 아주 오랜 후에야 당신에게로 닿으리라.

아마, 나의 죽음 무렵에.

그래서인지 나는 가끔 운다. 텔레비전 시청자들이 웃음소리가 재생되는 이 도시의 어느 작은 방에서.

나의 죽음의 관객— 텔레비전은 웃으며 나를 보고 있을지니, 나는 이미 무덤 속인가?

그래서인지 나는 조금도 울지 않는다.

언젠가 나의 연극 연출자 선생은, 무대 위에서 두 사람이 만날 때는 행성과 행성이 만나듯이 하라고 했다. 그때 나는 행성이었고, 하나의 행성으로서 토성을 떠올렸는데, 우리 둘 중 누가 토성이었는지는 모른다.

손닿으면 잡힐 듯하지만 그토록 머나먼 타자와의 거리를 그때 나는 알았을지도 모른다.

그러나 나는 내가 안다는 것을 몰랐고, 그렇다면 나는 여전히 그 무대 위인가? 당신은 토성이었던가?

그래. 당신은 토성만큼 멀리 있다.

그것이 책의 운명이며, 옐리네크의 모든 책이 바로 그 책이리라.

포르노그래피의 서사를 흉내내고는 있지만, 누군가를 흥

분시키려는 목적이 없는 차가운 얼음의 책. 포르노그래피에서 섹스를 배운 여자의 책. 그러나 남자처럼 쌀 수가 없어 혼자 오줌 누는 것이 전부인 여자의 책. 사랑을 하고 싶지만 사랑을 해본 적이 없어 사랑이 두려운 여자의 책.

포르노그래피에서 사랑은 곧 지배와 징벌이므로.

포르노그래피가 되어버린 세상에서 지배와 징벌 아닌 사랑은 없으므로.

사랑하는 남자가 자신을 씹다 뱉기 전에, 먼저 씹어서 삼켜버리려는 여자의 책. 남자를 모욕하려고 남자에게 강간을 요청하는 기나긴 편지를 쓰는 여자의 책. 그러면 남자는 네가 원하는 사랑이 이게 아니었느냐며 여자를 묶어주고 때려주는 책*. 그러니 여자의 말대로 다 이루어지는 책.

포르노그래피는 상상의 강간이지만, 그것이 익명의 판타지가 아닌 명백한 현실이 될 때는 여자도 남자도 모욕당한다.

그래서 지배와 피지배, 가해와 피해가 불분명한 책.

남자가 여자를 강간하고 여자의 문 밖을 나설 때, 다시는 떠올리고 싶지 않은 끔찍한 수치와 더러움에 치 떨 때, 갈갈이 찢긴 여자에게 다시 다음날은 찾아오고야 마는 책. 그리하여 일찍이 많은 독자들의 얼굴을 찌푸리게 한 불편한 책. 찝찝한 책. 잊고 싶은 책. 간밤의 뒤숭숭한 꿈같은 책.

모두가 헌책방에 하도 내다버린 나머지, 재고가 넘쳐 매

---

* 《피아노 치는 여자》, 엘프리데 옐리네크, 이병애 역, 문학동네, 1997.

입불가라 하던 그 쓰레기 책.

수백 개의 버려진 《연인들》.

수백 개의 버려진 《욕망》들.

수백 개의 버려진 《탐욕》들.

나는 남이 버린 연인과 욕망과 탐욕을 주워서 읽는다. 그리고 이 책을 쓴다. 쓰레기장에서 누군지도 모를 남이 씹다 뱉은 2,500원 짜리 연인과 욕망과 탐욕을 건져서.

리처드 브라우티건의 《워터멜론 슈가에서》에 나오는 잊혀진 작품들(FORGOTTEN WORKS)은 사람들이 출입을 꺼리는 미스터리한 쓰레기장이지만, 우리 시대에 그 장소는 일단 많이 사고 보는 코스트코와 같이, 최저가 리퍼브숍과 같이, 알라딘 중고서점과 같이 도처에 복수(複數)로 있다.

그러므로 당신이 읽고 있는 이 책은 자신이 참고한 전범의 운명을 좇아, 시작도 전에 이미 폐기될 운명임을 예감하고 있고, 그것은 어느 편의점 아르바이트생이 내게 친절한 미소로 건네준 편의점 폐기와 다를 바 없는, 이 시대 모든 존재의 불가피한 운명이리라.

살기도 전에 이미 죽음이라는 것.

사랑하기도 전에 이미 폐허라는 것.

텔레비전 리얼리티

당신은 이 소식을 보았을지도 모른다. AI는 인터넷을 바탕으로 언어를 학습하는데, 이 언어가 백인 남성 편향이라고 한다. 그래서 인공지능 연구자들은 어떻게 해야 AI가 편향된 데이터를 넘어서 지식을 습득할 수 있는지를 연구한다. 우리의 세계가 철저히 언어로 이루어져 있고, 그 언어가 이미 편향이므로.

말은 사물을 지배하고, 사람은 말을 지배하며, 말을 사물에 접속시키는 자에게 이 세계에 대한 지배권이 있으리라. 결코 지배의 구조는 보이지 않으리라.

우리가 바로 그 거미줄 속이므로.

그러나 보이지 않는다 해서 없는 것은 아니며, 내가 바로 그 거미다. 이것을 정신의 식민이라고도 할 수 있으리라.

그러니 식민지 여자에게 독립은 어떻게 가능한가?

이것이 이 책의 처음에 등장한 차학경의 여자의 물음이다. 그 여자는 미국에서 살면서, 뒤늦게 배운 영어로 자신의 언어를 세울 수밖에 없는 자의 뼈아픈 독립을 말했다. 식민지에서 태어나, 종주국의 언어로부터 자신의 언어를 세울 수밖에 없는 어머니의 뼈아픈 독립을 말했다.

그러니 어찌해야 하는가.

아담의 갈비뼈에서 온 자는 아담의 갈비뼈에서부터 시작해야 할 것이고, 쓰레기장에서 온 자는 쓰레기장에서부터 시작해야 하리라.

그래야만 하리라.

그럴 수밖에 없으리라.

엘리네크의 여자는 포르노그래피 세상에서 태어난 여자

는 포르노그래피의 언어로 쓸 수밖에 없음을 말한다.

이것이 엘프리데 옐리네크의 여자가 말하는 쓰기다.

포르노그래피로 포르노그래피에 구멍을 뚫는 쓰기.

여자는 문학장의 공격을 받는 일을 무릅쓰면서, 현실의 리얼리티가 아닌 텔레비전 리얼리티를 말한다.

그리하여 여자가 노벨상을 받자 한 평론가가 이렇게 논평한다[*].

그 여자는 종일 집에서 텔레비전이나 보는 여자다. 이 시대 진정한 문학의 리얼리티는 어디에 있는가?[**]

그 지적은 매우 사실이었고, 그러나 여자는 앞서가는 텔레비전처럼 십 년도 더 전에 미리 응답했다.

나의 가장 큰 잘못은 삶에 참여하지 않는다는 것이다. 나는 언제나 시청자다. 그러나 텔레비전이 아닌 사랑이 있다면 말해보라. 텔레비전 아닌 삶이 있다면, 그런 문학이 있다면 내게 말해보라.[***]

또한, 옐리네크의 여자는 페미니즘의 공격을 받는 일을

---

[*] 2004년 10월 14일, 비평가 이리스 라디쉬는 《디 차이트》에 엘프리데 옐리네크를 비판하는 논평을 게재한다.

[**] 《피아노 치는 여자》를 라디쉬의 관점에서 이렇게 요약할 수 있을 것이다.

[***] 1990년 옐리네크는 저널리스트 앙드레 뮐러와 이러한 요지로 인터뷰한 적이 있다. 흥미롭게도, 라디쉬의 비판은 옐리네크의 작품이 아닌 작품에 관한 말(인터뷰)을 토대로 한 것이다. 이진숙, 〈엘프리데 옐리네크의 텔레비전 시청과 글쓰기―이리스 라디쉬의 논평과 페터 한트케와의 글쓰기 비교를 중심으로〉, 《독일언어문학 제70집》, 2015.

무릅쓰면서, 사랑도 섹스도 욕망도 텔레비전으로 배운 여자를 말했다. 남자에게 학대받는 줄도 모르면서 학대받는 여자, 심지어 사랑하는 남자에게 강간해달라고 편지 쓰고 기다리는 여자를 말했다.

왜냐하면, 이 시대에 그것 아닌 사랑이 없으므로.

그 여자는 우리의 교실은 텔레비전에 있고, 사랑과 욕망은 그곳에서 학습되는 것이며, 이러한 시대에 순수한 사랑이란 불가능임을 매우 듣기 불편하게 말했다. 차가운 바닥에 팽개쳐진 걸레 여자를 말하려면, 걸레의 말로 쓸 수밖에는 없는 일이라고.

걸레 여자라니, 끔찍하기 이를 데가 없다.

그러므로 읽지 마라.

잊어라****.

돌아보지 마라. 나도 그럴 테니까.

　

나의 글은 세슘으로 쓰였으며,
나를 읽으려면 너도 오염을 피할 수 없다

그래. 꿈이 아니라면 어떻게 살 수 있겠는가.

아내를 따먹으라고 올려놓는 트위터 속에서, 집단강간의

**** 읽지 말자. 어차피 절판이니까. 엘리네크의 한국어판은 모두 절판이다. 《피아노 치는 여자》만 빼고. 그 책은 노벨문학상을 받자, 세계문학전집으로 편입되어 겨우 살아남았다. 문학의 아이러니.

장에 초대받고 싶어서 성병 검사지를 들고 줄을 선 익명의 초대남들 속에서, 포르노 영상 계정을 신고하면 계폭 후 새로운 부계를 만드는 익명의 계정주들 속에서, 혹시라도 노예가 자살하면 짧은 잠수 끝에 다른 노예로 갈아타면 그만인 텔레그램 단체방 속에서, N번방을 없애도 N번방의 후예들이 N^2번방을 파는 이곳에서, 재수 없는 여자 사진과 신상을 올려놓으면 포르노와 합성해서 제대로 조리돌림 시켜주는 N^3번방에서.

여기서 매우 불편한 현실은, 합성된 영상 속 여자가 웃고 있다는 것이다.

합성이 아닌 영상에서도 여자가 괴성을 지르며 애원하고 있다는 것이다. 벌리고 있고, 해달라고 하고, 스스로를 걸레라고 말하고 있다는 것이다. 유포자와 구매자가 그것을 지시하고 통제하며 바로 그 굴종을 원한다는 것이다.

포르노그래피는 타자에 대한 통제와 지배, 징벌을 통해 쾌락을 느끼는 문명인 남자의 이야기이고, 나는 이 이야기에서 성서의 원형을 본다. 타락은 결코 남자가 원한 것이 아니었고, 아니어야만 했다.

여기서 더욱 불편한 현실은, 포르노그래피의 제작과 유포 공간이 학교의 성격을 떤다는 것이다. 남자는 여자를 가르치고 참교육 한다고 말한다. 참교육 당한 여자가 해달라고 애원한다는 것이다. 더 충격적인 현실은, 그 여자가 남자의 연인이거나 아내이거나 혹은 노예라는 것이다.

벌리고 싶어 환장한 구멍 넌아. 해달라고 애원해봐라. 그

여자는 왜 모래로 쓰는가

러면 해줄 테니 감사하기나 해라. 이 걸레 년아.

남자는 자랑스럽게 멘션한다.

여기서, 그가 말하는 와이프는 하나의 구멍이다. 월남전에서 민간인을 학살한 어느 한국군이 마지막으로 들여다보고 떠난 깊은 우물 같은 구멍. 구멍을 향해 돌격!이라고 얼굴 없는 남자들이 트윗한다.

남자들은 스탠리 큐브릭의 〈아이즈 와이드 셧〉의 마스크 쓴 익명의 남자들처럼 신사답게 서로를 대한다. 매너 준수. 매너 없는 남자에 분노하고, 자신은 매너 있다고 말한다. 그러니 *매너 있게 강간하고, 매너 있게 공유하라.*

태평양 전쟁에 출정할 일본 군인들에게 지급된 콘돔 이름은 '돌격일번'이었다. 성병 검사지와 콘돔을 지참하고 매너 있게 줄 선 백 년 후의 남자들은 모두 식민지 군인의 얼굴을 하고 있다*.

옐리네크의 여자는 식민지 세상에서 태어난 여자들은, 식민지의 오물을 뒤집어 쓴 언어로 자신의 역사를 써야만 하는 수난에 처한다고 말한다. 포르노그래피 세상에서 태어난 여자들은, 포르노그래피의 정액을 뒤집어 쓴 언어로

----

* 딥페이크 포르노와 후쿠시마 시대에 서정시는 과연 가능한가. 내가 잊는다 해서 세상이 사라지는 것은 아니어서, 오랜 시간 서정시를 써온 나에게 불편한 질문이 남았다. 그리하여 이제 나는 아름다운 시가 아니라 아름다움이 무엇인지 질문하는 시를 향해 간다. 아, 그것은 이제 시가 아닐지도 모른다. 그리하여 나는, 독자 너를 배반하리라. 그러나 이 세상에 배반이 아닌 사랑은 없으리니.《포르노그래피 복제시대의 서정시》, 장혜령.

자신의 역사를 써야만 하는 고통에 처한다고 말한다.

여자는 말한다.

세상은 포르노그래피이고, 나는 거기서 태어난 포르노 여자다.

나의 글은 포르노그래피로 쓰였으며, 나를 읽으려면 너도 오염을 피할 수 없다.

여자는 말한다.

사랑을 해본 적도 배운 적도 없어 포르노그래피의 학교에서 배운 대로 남자를 사랑하면서, 자신의 성을 알아가야 하는 여자의 슬픈 식민지성을 말한다. 포르노그래피 숍의 남자들처럼 돈을 내고 핍쇼를 보고, 남자가 쓰고 버린 휴지를 주워 냄새를 맡고, 자동차 극장에서 섹스하는 남녀를 훔쳐보며 오줌이나 싸는 여자의 도달 불가능한 사랑을 말한다.

그런데, 당신은 왜 아직 여기인가?

여기까지 왔다면 이제는 말하겠다. 사실을 말하겠다.

나는 제주의 동문시장에서 5만원 어치 생선을 사면 상품권을 주고, 10만원 어치 사면 그만큼 더 준다는 농림수산부의 수산시장 활성화 정책에 따라 어디서 왔는지도 모를 생선을 아주 많이 먹은 무서운 여자다. 누가 언제 어디 이 소식을 올렸는지 소문을 듣고 모인 각지의 사람들이 상품권 받으려고, 시장 사무소 앞에 줄을 서서 생선과 신분증을 내미는 기이한 모습을 당신은 아마 보지 못했겠지만, 이것이 국민 대통합 글로벌 대한민국이라 할 수 있을 것이다. 그러

여자는 왜 모래로 쓰는가

므로 이 글에 방사선 측정기를 갖다댄다면 아마 기준치보다 매우 높은 방사성 유해물질이 측정될 텐데 유감스럽게도 나에게는 방사선 측정기가 없다.

다시 한번 말하겠다.

세상은 핵폐기물 쓰레기장이고, 나는 그 쓰레기장에서 태어난 세슘 여자다. 이 글은 세슘으로 쓰였으며, 나를 읽으려면 너도 오염을 피할 수 없다.

여기까지 왔다면, 당신은 한 번쯤 두 손을 내려다볼지 모른다.

당신은 내려다보리라. 당신의 두 손. 당신의 두 발. 그리고 당신의 두 귀.

그러니 듣거라.

이제부터는 듣거라.

떨어져나간 너의 두 귀로.

───────── 수난은 열정의 다른 이름이고,
전달은 구원의 다른 이름이므로

나는 그것을 안다.

어릴 적 나의 동네에는 병원에서 시작해 교회로 끝나는 골목이 있었고, 그 골목에는 태평양, 신세계, 애모, 애수, 정 같은 이름의 낮고 작은 상점들이 있었으며, 아침의 상점에는 늘 흰 커튼이 드리워 있었다.

그리고 엄청나게 많은 수건들.

나는 색색의 수건을 널고 있는 색색의 여자들이 두려웠다. 학교에도 가지 않고 구슬치기를 하는 여자들의 아이들이 두려웠다. 골목의 시궁창에는 여름이면 날파리떼가 들끓었고, 날파리떼와 같은 그들이 나는 두려웠다.

그리하여 나는 일생 동안 날파리떼가 있는 골목으로부터 도망치고 또 도망쳤으며, 오직 나를 기다리고 있는 여자라는 운명으로부터 도망치기 위해 일생을 살았다고 할 수 있다.

골목의 여자들은 오후 네 시면 드레스를 입고 인형처럼 앉아 손님을 기다렸다. 그 여자들도 엄마처럼 기다린다는 것을 나는 엄마에게 말하지 않았다. 왜냐하면 나의 엄마는 아침 열 시부터 밤 열 시까지 옷수선집에서 바느질을 하며 손님을 기다렸기 때문이다.

내가 오면 엄마는 낮잠을 자거나 밥을 지었고, 나는 엄마를 기다리며 이야기를 만들었다. 때로 공책에 적기도 했지만 어떤 이야기는 다만 기억했다. 누구도 새에게서 기억을 빼앗을 수는 없는 법이며, 비밀을 말하자면 나는 인간이 아니었기 때문이다.

나는 다른 새들에게 말하고 또 말했다.

새들은 나의 이야기를 다 듣고 조금 울다가 날아갔다. 우리는 서로에게 외국어 사용자였으며, 따라서 서로를 이해하지 못한다는 점이 무척 다행이었다.

만약 모든 걸 이해했다면 미쳐버리고 말았으리라.

여자는 왜 모래로 쓰는가

그리고 미치지 않기 위해서는 이야기가 필요한 법이다. 이야기는 기다림을 견디려는 모든 여자의 놀이이고, 우리 모두는 그 이야기에서 왔으니까. 나의 엄마는 내가 태어나기 전 꿈에서 거대한 복숭아를 보았다고 하며 그것이 나였다고 하는데 나는 정말 복숭아였을까?

그렇다면 다리 밑에서 나를 주워왔다는 이야기는 무엇일까. 나는 언젠가 우리 동네에 정말 다리가 있는지를 조사해보았지만 다리는 어디에도 없는 것 같았다. 하지만 동네 이름에는 내(川)라는 글자가 있었고, 다리는 언젠가 있었을지도 모르는데, 내가 다리에서 왔다면 그 골목 여자들의 아이들도 다리에서 온 것일까. 학교에 가면 많은 아이들이 저마다 자신이 다리에서 왔다고 말했고, 나는 어떤 것도 알 수가 없어졌다.

당신은 아는가.

옛날 옛적, 마녀의 저주를 받고 높은 성에 갇혀 살게 된 라푼젤이라는 소녀가 있었다. 부모도 형제도 친구도 없는 소녀는 절대고독 속에서, 그러나 구원을 꿈꾸며 살았다. 소녀와 마찬가지로 나에게도 이야기를 꿈꾸는 것이 구원이었으므로, 나는 이 이야기 속에서 살았다. 이야기 속이어서 살 수가 있었고, 숨도 쉴 수가 있었다.

그래서 나는 이 글도 쓰고 있다.

꿈이 아니라면 내가 어떻게 살겠는가. 구원에 대한 믿음이 없었다면 우리가 어떻게 살아갈 수 있었겠는가.

그래서 나는 알게 되었다.

라푼젤의 머리칼은 바로 기다림의 텍스트라는 것을.

오직 머리 기르는 일밖에는, 갇혀 있는 시간과 공간에 대해 달리 복수할 방법이 없는 여자의 텍스트. 텍스트는 기다림으로 직조한 이야기이고, 이야기가 없다면 우리는 어떻게 기다릴 수 있는가? 무엇을 기다리는지도 모르면서 어떻게 살아갈 수 있는가?

나는 안다.

오직 이것을 안다.

옛날 옛날에, 내가 '우리집'이라 부르던 이제는 사라진 옷수선집이 있었다. 그 집에서 아침 열 시부터 밤 열 시까지 바느질을 하고, 혼자 애도 키우고 살림도 하고 고양이 밥도 주던 외로운 여자가 있었다. 그 여자를 나는 엄마라고 불렀다.

일생이 기다림이었으므로, 여자는 가게를 접고서도 기다림을 멈추지 않았다.

포르노그래피와 달리 진정한 삶에는 목적이 없으므로, 그것이 무엇을 향한 기다림이었는지 지금까지도 나는 알지 못한다. 그러나 그것이 여자이며, 우리가 알지 못하는 곳에서도 여자의 기다림이 있다는 것은 안다. 포르노그래피와 달리 실재하는 여자의 기다림에는 목적이 없으며, 우리가 그 긴긴 기다림의 자손이라는 것만은 안다.

여자는 오랜 기다림으로 인해 병을 얻었고, 긴 수술 끝에 여자는 집으로 되돌아왔다.

프랑스어로 유령(revenant)은 되돌아온 자라는 뜻이다.

여자는 왜 모래로 쓰는가

당신도 새벽 네 시에 일어나 본 적이 있다면 알지 모르겠지만, 새벽 네 시면 일어나는 새들이 있고, 되돌아온 자는 자기도 모르게 새벽 네 시에 일어나 밥을 안치고 국을 끓이려 했다. 이미 한 번은 죽었는데도 그 짓을 계속 하려고 했다. 그런 새벽에 되돌아온 자와 새들은 부엌 창문을 통해 이야기를 나눈다.

여자에게 기다림의 수난(passion)은 열정의 다른 이름이고, 이야기의 전달(deliever)은 구원의 다른 이름이므로. 영혼이 육신으로 부서지기를 원하고, 기꺼이 육신이 영혼으로 부서지기를 원하는 여자의 미친 사랑이 있으므로.

기다림으로 구멍 뚫린 여자의 심장에는, 깊은 우물과 같은 거울이 있으므로.

나는 언젠가 골목에서 손님을 기다리고 있던 파란 드레스 여자에게서 파란 저녁의 상점에서 기다리고 있던 나의 엄마를 보았다. 그 상점의 작은 책상에서 일기를 쓰며 기다리고 있는 나를 보았다. 스스로 수난에 처한 채 구원을 기다리고 있는 옐리네크의 무수한 여자들을 보았다. 인간은 자신을 닮은 것을 바라보기에, 바라봄 속에서 언제나 자기 자신을 찾아내고야 말기에, 그 속에서 별처럼 타오르는 나의 기다리는 영혼을 보았다.

이 세상 모든 기다리는 여자를 보았다.

그 속에 당신도 있었을 것인가?

여자의 묘비명

———————— 1

이 책을 다시 쓰다가 전망이 보이지 않아서 신에게 연락을 했다. 신은 부재중이었다*. 답이 오기 전까지 나는 썼다.

어느 밤에는 묘비명까지 써두었다.

21세기 첨단형여자처럼 hwp파일로 저장도 해두었다.

묘비명_최종.hwp

묘비명_최최종.hwp

묘비명_진짜최최종.hwp

묘비명_진짜최최종-2.hwp

여러분도 알겠지만, 나중에는 무엇이 진짜이고 최종인지

---

* 오래전 당신도 그런 적이 있었으리라.

모르게 되었다. 내가 살았는지 죽었는지를 모르게 되었다. 그러나 이 책에서 나는 썼다. 여자는 살아서도 말하지만 죽어서도 말한다고. 그렇다면 여기는 무덤 속인가?

——————   2

이 책을 다시 쓰게 한 한 여자가 있었다.

여자의 이름은 김미정이고, 여자는 내가 제주에서 살면서 만난 '어느 누구'의 아내이고, 당신은 아마 모를 것이다.

나는 여자가 이 글을 읽지 못할지도 모른다고도 생각했다. 왜냐하면, 가끔 어떤 편지들은 도착하지 못한 채 사라지기 때문이다.

만약 그렇다면 당신이 읽어달라.

여자는 내가 제주에서 살면서 만난 '어느 누구'의 아내였다.

그날은 '어느 누구들'과 그들의 아내들이 참석한 4.3 학술포럼이었고** 포럼이 열리는 리조트 한편에는 4인 1조로 식사도 준비되어 있었다. 흰 종이를 깐 식탁 위의 전골냄비는 마치 제사상 같았다.

** '어느 누구들'은 보통 행사 장소의 바깥에서 쉬는 시간에 모여 담배를 피우기도 한다. 나는 이를 (뭉게뭉게) 아저씨 클라우드라고 부른다.

마치 오늘을 예감했다는 듯이 4.3평화재단은 나에게 밥을 사주었고 앞치마 입은 '어머니'와 '이모'와 '여기요'라 불리는 여자들이 내 심지에 불을 당기듯 버너도 켜줬다.

딸깍.

쑥갓과 두부와 또 누군가의 무엇인가의 내장이 보글보글 끓고 있던 전골. 나는 그것을 잠시 내려다보았다. 그리하여, 인정하고 싶지 않지만 4.3 70주년 행사의 공짜 전골은 이 책의 일부를 이룬다.

여자는 전골냄비의 맞은편에 앉아 있었다. 나는 전골냄비를 향해 어정쩡하게 인사했다. 여자는 대뜸 내가 결혼을 하면 집으로 초대하겠다고 했다. 이 글만큼이나 그 전망이 잘 보이지 않았으므로 아무래도 그 집에 가기는 어렵겠다고 생각했다. 그런데 머지않아 여자가 나를 초대했다. 나는 마치 아직 태어나지 않은 사람인 것처럼 물어봤다. 아직 결혼 안 했는데 가도 되나요? 여자가 말했다. 곧 할 거니까.

여자의 집에 간 것은 5월의 봄. 늦은 소풍을 가는 것도 아닌데 식탁 위에 김밥이 있었다. 나는 여자가 싸준 김밥을 먹으며 여자의 이야기를 들었다. 그런데 김밥을 먹으면서 들어서는 안 될 이야기인 것 같았다.

꼬투리 김밥을 뺀 김밥만으로 아름다운 김밥의 방사탑*을 쌓아올린 여자.

---

* 방사탑이란 제주도 마을 곳곳에 액운을 막으려고 쌓아올린 돌탑을 말한다.

여자는 왜 모래로 쓰는가

여자의 제단 앞에서 여자의 이야기를 들으며 나는 여자를 생각했다. 혼자 아기를 낳았던 여자. 학대하는 남자를 피해, 아기를 안고 도망쳐야만 했던 여자. 어디에도 도와주는 이가 없어 결국 아기를 살리기 위해 그 아기를 멀리 보내야만 했던 여자.

그때 내 안의 여자가 울기 시작한 탓에 나는 화장실에 가서 잠시 손을 씻고 거울을 보며 서 있어야만 했다. 그리하여, 그 날의 김밥 또한 이 책의 일부를 이룬다.

집을 나설 때, 여자는 자신의 이야기를 담은 책을 썼다며 책을 건넸다.

《숨은 우체통》**. 일기이기도, 소설이기도, 에세이이기도, 무엇보다 편지이기도 한 그 책은 오래전 잃어버린 자신의 딸을 향해 보내는 기나긴 연서였다. 여자는 뒤늦게 딸을 찾았으나, 편지는 딸에게 도착하지 못한 것 같았다. 문학과 사랑의 행로가 흔히 그러하듯이.

그러나 도착하지 못하는 편지는 사라지는가?

사라짐에도, 여자는 왜 모래로 쓰는가?

인간을 알려면 세월을 이해해야 하듯, 여자를 알려면 이것을 이해해야 하리라.

그리고 뜻밖에도 나는 이곳에서 여자를 알게 되었다. 여

** 이 시대 저주받은 문학의 운명처럼, 절판된 여자의 책을 여러분들은 결코 구할 수 없으리라. 《숨은 우체통》, 김미정, 당산서원, 2017.

자란 무엇인가를 이토록 세세하게 알게 되었다. 나이 육십의 어느 고운 제주 여자가 한참 어린 서울 여자인 나에게 밥을 차려주고 종종 밤늦도록 이야기를 한상 펼쳐놓은 까닭에.

언젠가 올가 토카르추크의 책에서, 폴란드 변방으로 이주해 변방에 귀 기울인 작가의 이야기를 읽은 적이 있었지만, 그것은 어디까지나 남의 나라 이야기였다. 그런데 그 이야기가 바로 이곳에, 내 앞에 있었다. (그러므로 머나먼 유토피아가 아니라, 당신이 살고 있는 그 어느 변방에 당신이 찾던 이야기는 있으리라.)

이곳은 서울로부터 아주 먼 변방에 있었지만, 국민국가의 범주를 벗어나 바라보면 다른 세계와 가장 먼저 접한다는 점에서 선두에 있었다. 나는 제주라는 변방의 사회를, 그 선두에 선 여자를 이렇게 만났다.

그리하여 문화인류학 필드워크에 뛰어든 학생처럼, 그간 글로만 배웠던 여자를 완전히 새로 배워간 것이다.

3

나의 제주도 여자는 썼다가 지웠다가 썼다가 지웠다가를 무한 반복했다.

어제 무너졌다가 오늘 일어섰다가를 무한 반복했다.

마르그리트 뒤라스의 미친 여자처럼. 내가 살면서 결코 도달할 수 없을 여자*의 해변에는 이런 글들이 아주 많았다.

　나는 이곳에서 여자의 광기와 사랑을 배웠다.

　나는 이곳에서 역사에 기록되지 않는 여자의 무수한 행위들—퍼포먼스를 보았다.

　여자는 매일 자신의 일기장에, 블로그에, 밥상에 퍼포먼스를 했다. 그러다 얼마 전 가을부터는 남편의 치병을 치러야 했으므로 입원실 보호자 의자에서 일기를 쓰고 그것을 내게 보냈다.

　그것은 내가 읽었으나 결코 답장할 수 없는 편지였다.

　이 책의 운명과 마찬가지로.

　나는 그 많은 여자의 퍼포먼스들을 혼자 보았다. 그러면서 이 세상 얼마나 많은 여자들이 집집마다 퍼포먼스를 하고 있을지를 종종 생각했다**. (지금 이 책도 퍼포먼스의 일환일 것이다. 뒤라스가 가족들 먹일 수프를 끓이는 동안 글을 쓴 것처럼, 마찬가지로 나는 국을 끓이는 동안 글을 썼다. 그렇다. 한때 나는 사랑하는 사람을 위해 매일 국을 끓였다. 그러나 그것은 보이지 않고 기록되지 않는 것으로 남는다.)

---

*　나는 여자가 되지 못한 채, 늙은 딸로 남았다. 이것은 샹탈 아케르만의 말이고, 그리하여 나는 아직도 여자를 모른다. 《브뤼셀의 한 가족》, 샹탈 아케르만, 이혜인 역, 워크룸프레스, 2024.

**　여자의 퍼포먼스에 대해서는 꼭 상세히 다시 쓰도록 하겠다. 왜냐하면 그걸 나만 알기에는 너무 아깝기 때문이다. 그러나 이와 별개로 김미정의 여자가 국립중앙도서관에 단 1권 소장되어 있고 김미정의 집 창고에 10권쯤 재고가 남은 《숨은 우체통》의 숨어 있는 문을 열어준다면, 그 편지를 부디 당신이 읽어준다면 좋겠다.

몇 해 전 여자는 크게 아팠고, 그후 삶을 흘려보내지 않으려고 매일 아침 책상에 앉았다. 남편의 작업 보조 뒤에 숨은 자신의 이야기를 꺼내려고. 그때마다 여자는 어딘가 부족해 보이는 자신의 이야기에 환멸을 품었다.

이런 일은 전에도 많았던 것 같았다.

그 텅 빔을 표현하기 위해 여자는 숱한 퍼포먼스를 수행했다.

1. 베란다 창틀 닦기

2. 수도 배전의 묵은 때 닦기

3. 화장실 변기 닦기

4. 액자 먼지 털기

5. 고구마순 다듬기

6. 과일청 만들기

7. 기타 등등, 기타 등등

이 퍼포먼스는 소피 칼의 여자가 하는 퍼포먼스를 생각나게 했다.

여기에 큰 차이가 있다면 소피 칼의 여자는 그것을 미술관 또는 책에서 한 것이다. 행위자이기만 한 것이 아니라 보기의 주체가 된 것이며, 쓸모없는 것을 쓸모의 차원으로, 다시 말해 그것을 표현의 영역으로 귀속시킨 것이다.

여자는 왜 모래로 쓰는가

나는 미술관도 책도 아닌 곳에서 발생하는 어느 아시아 여자의 퍼포먼스에 대해 생각했다. 이 세상 가계부와 메모장과 일기장에 무수히 발생하지만 잘 드러나 보이지 않는 여자의 말하기에 대해. 부엌에서 진정한 관객을 기다리면서도 매일의 칼질과 걸레질로 욕망을 지워내는 여자의 수행성과 유령성에 대해. 그러나 기꺼이 수난에 처하여 사랑의 불가능에 온 생을 봉헌하는 무시무시한 여자의 열정에 대해.

그런 여자가 어느 날, 연극 워크숍에 가서 1인극 희곡을 쓴다고 했다.

육십이 된 여자가 수술을 받고 사경을 헤매다가 스무 살인 자신의 여자를 만나는 이야기였다. 그 속에 자기 묘비를 세우는 대목이 있었는데, 나는 이왕이면 묘비를 직접 한번 만들어보라고 권했다.

그리하여, 쿠팡 배송으로 이리저리 꾸며서 완성한 여자의 묘비가 있었으니.

바람에 쉽게 꺾이지 않도록 판지로 세운 묘비가 있었으니.

그러나, 갑작스레 남편을 간병하게 된 아내가 결국 스스로 숨기고 스스로 지워버린* 여자의 묘비가 있었으니.

---

* 나는 김미정의 여자가 쓴 최초의 책 이름이 왜 '숨은 우체통'인지 궁금했었다. 그토록 간절히 편지를 기다리는 여자의 우체통은 왜 하필 숨어 있는가? 어쩌면, 오래전 여자는 자신의 묘비명을 쓰는 미래를, 그 묘비의 뒤에 **숨은** 모든 여자의 미래를, 이미 알았던 것인지도 모른다.

여자의 묘비명을 나는 모른다.

다만, 이 세상 무수한 다락방과 창고방에 그 묘비가 있다는 것을 안다. 판지로 된 묘비들이 비에도 젖지 않고 숨죽여 기다린다는 것을 안다.

그리고 당신은 알리라.

내가 단 한 번도 그 묘비를 보지 못했으면서도, 보았다는 것을.

사실은 진실을 드러내지 못하고, 역사는 기억을 드러내지 못하며, 문자는 목소리를 드러내지 못한다는 것을.

그러므로 보이지 않는 것을 보지 않으며 여자를 말할 수는 없으리라. 들리지 않는 것을 듣지 않으며 여자를 들을 수는 없으리라. 그리고 그 여자는 네가 모르는 남의 여자가 아니라, 언젠가 네가 버린 너의 여자일지니.

너의 여자를 구하라.

왜냐하면 사랑의 바깥은 사랑 없음이 아니므로.

너의 바깥에서 울고 있는 너를 구하라.

이것이 내가 듣지 못하면서 들었던 여자의 묘비명이고, 마지막으로 나는 당신에게 이 말을 전한다.

여자는 왜 모래로 쓰는가

여자는 왜 모래로 쓰는가

1판 1쇄 발행 2025년 5월 12일

지은이 · 장혜령
펴낸이 · 주연선

(주)은행나무
04035 서울특별시 마포구 양화로11길 54
전화 · 02)3143-0651~3 | 팩스 · 02)3143-0654
신고번호 · 제 1997—000168호(1997. 12. 12)
www.ehbook.co.kr
ehbook@ehbook.co.kr

ISBN 979-11-6737-551-3   03810

• 이 책의 판권은 지은이와 은행나무에 있습니다. 이 책 내용의 일부
또는 전부를 재사용하려면 반드시 양측의 서면 동의를 받아야 합니다.

• 잘못된 책은 구입처에서 바꿔드립니다.